JN202202

ハチキンお蘭

土岐　傑
TOKI Suguru

文芸社

この書を我的愛人の節子と、孫娘の蘭に捧げます。

目次

第1章　お蘭伝説

目の前に秀峰島本富士がそびえている。島本富士の上はどこまでも澄み渡った青が広がる。そんな青とは対照的に山肌は黄、朱、茶の色が織物のように燃えていた。

今、この秀峰の中腹の斜面を二人の男の子と女の子が大声を上げて走っている。一人は目元涼しい一重マブタの少年。名前は谷次と言った。もう一人は年齢の割には背が高く、顔つきはいささかこの島本の榎村にはめずらしい二重の目の大きな少女。名前は蘭と言った。

実はこの蘭、和国の南の端にある隼人藩（現隼人県）に祖先をもつ一家の出身だった。隼人藩は単に都から遠く離れた藩であっただけでなく、何かと都の風潮にはなじまないところがあった。

藩の北側に火山が鎮座している。古来たび重なる火山爆発により、土地は火山灰に覆われ、けっして肥沃な土地柄ではなかった。とにかく岩と石が多い。米を栽培できる土地は限られている。岩と砂に覆われた土地は保水力が弱く、大きな川もない。また年中強風が吹く土地柄である。南には海が広がり男たちは農作業を嫌い漁に出ることを好んだ。漁に出ると、強風にあおられ遭難することも多い。無事に浜に帰った男たちは、大漁に酔い、気が緩んで、やることと言えば博打と相撲と酒。漁で命を落とす男がいれば、浜には寡婦(やもめ)が残る。浜の生活は女が取り仕切る。女のほうが賢く、男たちを尻に敷いていた。この隼人藩は、火山で生じた岩と海からの風、そして女。岩と石と女、〝三多の郷〟と呼ばれていた。厳しい環境で鍛えられた女たちは、郷を、村を、藩を実質経営する実力を備えるようになった。隼人藩の女は男四人分の働きをすると言われ、〝ハチキン〟の異名を持っていた。

隼人の海には、時々遠い国から大型船に乗り、鯨取りがやって来ることがある。約百五十年前のある日、折からの強風にあおられ、異国の大型船が遭難したことがあった。一人だけ浜に打ち上げられた者がいたが、この者をどう扱えばいいか浜の男たちは途方にくれた。こんな時に何の躊躇もなく、助けると決めたのはやはり女だった。この女は網元の娘で日出女（ひじめ）と呼ばれていた。なんでも生まれ落ちた時、手を日の出の方向に伸ばし、力強く産声を上げたと伝えられていた。早くから近在の子供を集めて大将として君臨していた。とにかく気風がよく怖いもの知らずであった。しかし、その根本には、困っている者がいたら迷わず手を差し出す、優しさを秘めていた。

助け出された船員は、網元の家の納屋で暮らすことになった。浜の者から見たその船員は背が高く、目は青く、異様で誰も世話を嫌がったが、日出女が面倒を見た。男は頭もよく、言葉もすぐに理解できるようになった。

船員は遠く異国の阿蘭陀（おらんだ）から来た。船の中では外科医を務めていた。外科医の腕を頼りにされ、浜の暮らしになじんだ。やがて月日は流れ、船員は日出女の入り婿に迎えられた。遭難から五年が経過した夏に、二人の間に子供が生まれた。女の子だ。容貌は父親に似ているが気性は日出女そのものであった。阿蘭陀男の血を引いていることから〝お蘭〟と名づけられた。初代のお蘭の誕生であった。

お蘭の家系は不思議なことに女系が続いた。代々のお蘭は、初代と同様聡明で、進取の気性が脈々と受け継がれている。これまた不思議なことだが、好人物だが知性的な男が入り婿として入ることが続いた。

六代目お蘭の時代は隼人藩では激動の年であった。近来稀に見る飢饉(ききん)が襲い、強風がいつもの時以上に吹き荒れた。漁もままならない。漁民と農民が手を取り合って藩に窮状を訴えたが、藩の重役は動こうとしない。各地で打ち壊し、一揆が起こった。藩は荒れに荒れ、藩そのものが立ち行かなくなった。このような藩は隼人藩以外にも多数あり、そこここで暴動と一揆が発生した。隼人藩では藩主は追放され、藩政は中央の政府に吸収されてしまった。

和国は昔、多くの藩が小さな独立国家として存在する体制で成り立っていたが、その体制もが崩壊してしまった。藩の垣根がなくなったことから、藩をまたぐ移動が可能になった。隼人藩の一揆を主導したと目された六代目お蘭は隼人藩を脱して、ここ島本藩（後の島本県）に逃れてきた。六代目お蘭は島本藩でも先見性と行動力で重用され、根を下ろした。六代目お蘭の連れ合いは医者を家業とし、近隣の人々の信頼を得ていた。

八月、高等学校は夏休みに入っている。島本富士の中腹にある榎村の小高い丘に、八代目蘭と谷次、それに蘭の幼馴染の茜（あかね）が腰をおろし空を見上げていた。

「もう八月だね。来年三月は卒業だね。卒業したら谷次はどうするの？」

蘭も谷次も茜も高校三年生。蘭は八月生まれ、谷次は十月生まれだ。小さい頃から蘭は谷次を弟のように可愛がっていた。蘭は八代目〝ハチキン〟、目から鼻に抜ける聡明な少女だったが、何よりも物怖じしない姉御肌で、小中高と学内の男女を従え女王のように君臨していた。谷次は物静かな涼しい眼をした少年だった。

「俺は親父の跡を継ぐ。親父は炭焼きだ。知っているだろ。山に入り林の木々を刈って炭焼きの材料を集める。俺は自然を相手にしているのが好きなんだ。焼いた炭は夕タタラ場にもって行き、タタラ製鉄の材料にする。この仕事に俺は誇りを持っている。それで蘭はどうする？」

「私は、大学に行きたい。都にある大京大学を受験する。難関だけど何とか合格したい」

「蘭なら大丈夫だよ。どんな分野にいきたいの？」

「環境学を専攻したい。環境学はそれほど歴史はないが、最近の異常気象をみると、その原因を見極めたくなったんだ」

「蘭はすごいな。本当に同い年だなんて信じられないよ」茜がつぶやいた。

「茜はどうするの？」

「私は、先生になりたい。それも小学校の先生。子供に囲まれて仕事ができ、お給料をもらえればほかは何もいらないわ」

「茜は、きっとよい先生になるね」蘭の言葉に谷次も頷いた。

「夏休みだけど、目標があるから遊んでいられない。だけど、谷次が炭焼きしているのを見てみたいな」

「炭焼きは秋になってからだけど、準備作業がある。一言で言うと樵(きこり)仕事。夏の樵はしんどいけど、自然の中で生かされているって実感がわくよ」

「是非見てみたい」

数日後、谷次は蘭と茜にこう告げた。

「明日、植林作業をするよ。これも炭焼きには大切な作業なんだ。山に入っての作業だから、汚れていい格好で来てよ。集合場所は榎村の高殿の横、榎の大木が目印だよ。時間はそうだな、午後一時、お昼は済ませておいてね」

「分かった。茜も一緒したいって」と蘭。

「蘭以外にもの好きがいるんだな」

「それがいるんだな。私の周りはもの好きが多いから」

榎の大木の横で――

「やあ、本当に来たね。じゃ出発するよ。ここから三十分ほど山を登る。水は持ってきているね。道具を担いでね」

「わっ、重たい！　こんなに道具があるなんて知らなかった」茜がぼやく。

「苗、スコップ、剪定ばさみ、紐、添え木、苗木カバーのプラスチックの筒、肥料、水。水が一番重いから俺が持つよ。

さあ着いた。じゃあさっそく俺が目印するから、スコップで三十センチほど掘って」

「掘り終わったよ。それからどうするの？」茜がニコニコして言う。

「苗木を植えて、土をかぶせる。肥料を入れ水やり。添え木を立てて紐で固定して。次は苗木カバーをつける。これをつけないと鹿が苗木を食べてしまうんだ」

三時間後の午後三時半。

「終わった。おかげで俺は大変楽ができた。ありがとう。疲れたでしょう」

「疲れたけど楽しかったよ。谷次さんを少し近く感じられたわ」茜が言う。

「おやつはないの？」蘭が言った。

「あるよ。栃餅だよ。食べるのは初めてだろう。そんなに甘くないけど汗かいたあとは絶品だと思うよ」谷次がリュックの底から餅を取り出して、二人に渡した。

「美味しいね。こうやって汗かいたあと、甘いものを食べて空を見上げる。谷次さんが炭焼きを好きになる気持ちが少しは分かったわ」茜がしみじみと言う。

「さあ、帰ろうか。君たちはこれから受験勉強だね。頑張ってね」

「谷次さん、本当にありがとう。足手まといにならないか心配だったけど」と茜が言った。

「足手まとい？　とんでもない。こちらこそありがとう」

「蘭、今日は楽しかったね」

「うん。だけど茜、あれでいいの？　もっと谷次に言うことないの？」

「変なこと言わないで。あれで充分満足したわ。谷次さんが炭焼きをなぜ好きなのか、炭焼きに誇りを持っていることがよく分かったから」

第２章　篠崎教授最後の教え

弥生三月。

春爛漫（はるらんまん）。蘭は春を楽しんでいた。期末テストの結果は満足のいくものであった。四月から始まる専門課程で何を専攻するか迷いはなかった。迷いは蘭にとって無縁のものである。自然環境について学びたいと思っている。

理由の一つは、篠崎教授の存在だった。自然環境を専攻する学生は、就職であまり恵まれていない。地味な領域だったが、学生たちからは人気が高かった。

卯月四月。

今年の桜は早く咲き、四月一日にはちらほら散り出した。新学期が始まった。

篠崎教授の「環境学概論」の講座に蘭も顔を出した。いろいろな学部の学生が顔を出している。名物教授の講義が始まった。

篠崎教授は開口一番、次のように話し出した。

「みなさん今日から環境学について話します。まず第一にお願いがあります。みなさん、私の言うことを簡単に信じ込まないように。環境学は新たに生まれた分野で、未知の部分が多い。私の知識にも間違いがたくさんあるだろう。だから、私が言うことを鵜呑みにせず、ご自身の頭で考えてください」こんな風な口調に、蘭はその謙虚な姿勢を好ましく思った。

「ところでみなさん、5W1Hという言葉がありますね。どういう意味かな?」

「What、When、Where、Who、Why、それにHowの頭文字です」

「そのとおり、学問をする時に必要な疑問を意味するね。ところで、この5W1Hの中で最も重視すべきは何かな?」

「Whyだと思います」と学生の一人が答えた。

「なぜそう思うのかな?」

「学問はいろいろな事象を見て、原因を追究することだからです」

「なるほど。私は違う考えです。まず見極めるべきはＷｈａｔです。事実が最も重要です。環境学について言えば、何が起きているか？　Ｗｈａｔが出発点です。次にこう問いかけましょう。その事実はどうなっているのか？　多くなっているのか？　激しくなっているのか？　激しくなったのはいつからか？　Ｗｈｅｎ、そしてどこで起きているか？　Ｗｈｅｒｅ、そしてなぜおきたのか？　Ｗｈｙ。Ｗｈｙにこだわると思い込みで原因を決め付けかねません。Ｗｈｏは最後です。Ｗｈｏの追求は犯人探しに堕しかねません。『またあいつか』と、誰かのせいにして、考えることをやめてしまうことが多いのです」と教授が話した。少し間をおいて教授はさらに質問を続けた。

「それでは、環境に関して気になることはありませんか？　どんな小さなことでもいいです」

「先月、燕が飛んでいました」と別の学生の一人が話した。

「それがなぜ気になるのですか？」

「例年ならここ大京市では四月に入ってから燕がやってきます」

「そうですか、燕の飛来が早くなったのですね。去年はどうでした？」

「去年も三月の終わる頃だったと思います」

「その前年は、四月早々でしたね」

「ということは、徐々に早くなっているのですね」

「この一点だけでも、環境変化がうかがえます。ほかのことでも同じようなことが言えるかもしれません。環境学は変化に気付くことから始まります。要領は理解できましたか？」

と教授は学生たちの顔を見回し、満足げに話した。

「今日の講義はこれで終わります。次回は燕の飛来以外に気になることを集めましょう。では、来週お会いできることを楽しみにしています」

篠崎教授の第一回目の講義はこうやって終わった。

蘭が夢から覚めたように教室の中を見回した。「５Ｗ１Ｈ」の話は印象的だった。今までそんな風に考えたことはなかった。来週の講義が待ちどおしい。気になることを探そう。そう思った。

隣を見ると、親友の玉藻がやはり上気した顔をしていた。

玉藻、なんて綺麗な名前だろう。どんな由来があるのかな？

玉藻は、和国のやや東北よりの岩手山県の出身だ。岩手山県の風光明媚な海辺に、玉藻城という古いお城がある。代々家老職として仕えていた武士の家系に生まれたという。玉藻はお姫様として育てられた。色白で、どちらかといえば小柄、動作は常にゆったりしている。よく日に焼けて、きびきび行動する蘭とは、対照的だった。そのことが二人を親友と呼べる間柄にしたとも言えた。

「ねえ、玉藻、お茶に行こう」

二人は大学正門前の喫茶店に入った。

「蘭、今日の講義は大変ためになったわ。貴女はどう？」

「同感。特に5W1Hで一番重要視すべきはＷｈａｔだという主張に一番ひかれたわ」

「私もそう同じよ。来週の講義が楽しみだな」

「玉藻は何か気になることあるの？」

「うん、ある。もうちょっと調べて来週の講義の時に発表するつもりよ」

「それまでお預けっていうことね」


四月第二月曜日。篠崎教授の第二回目の講義だ。前回に増して受講生が多い。もちろん蘭も玉藻も出席している。今回は早めに講義室に来て、前のほうの席に着席していた。

「みなさん、こんにちは。前回の講義では、環境学は何か異常なこと、気になることが出発点だと話しましたね。Ｗｈａｔが出発点です。そして5W1Hの中でＷｈａｔが最も重要だと話しました。憶えていますか？　それでは、宿題を出したはずです。

みなさんの中で『これは大変気になること』があれば発表していただけませんか」

篠崎教授の話しぶりはいつも丁寧だった。

蘭の後方の席から声が上がった。

「私の名はサモアです。南太平洋の島国から留学に来ています。私の家は海岸に面していて、道路を隔てて海辺までに広い芝生のグラウンドがあります。子供たちはこのグラウンドでラグビーをして育ちます。私もラグビーを楽しみました。大変素敵な場所です。ところが、去年あたりから、風の強い日に海から飛沫が芝生の上に飛んでくることがありました。翌日には飛沫の飛んでくることはやみますが、飛沫を被った芝生は元気がなくなります。これが私が一番気にしていることです」

「ありがとうございます。飛沫が芝生にかかり始めたのは、いつ頃からですか？　そしてそんなことは、年に何回くらいあるのですか？」

「どうも三年前くらいからあったようです。そして、年に三～四回くらいです」

「回数は増えているのですか？」

「はい、増えています」

「これで、WhatとWhenとHowが分かりましたね。今後どうなるか、影響はどこに現れるかまだ分かりません。でも、これが環境学の出発点です」

後ろの席から別の声が上がった。

「なぜそんなことが起こったと思われますか？」

「Whyの質問ですね。でも焦らないで。Whyを考える前に、まだ事実が足らないようです」

篠崎教授がにっこり笑って話した。


「ほかに何か気になることはないかな？」

玉藻が手を挙げた。

「私は東北地方の岩手山県から来た玉藻と言います。東北地方では紅葉の時期が遅くなりました。また、白鳥など北からの渡り鳥の飛来時期が遅くなりました」

別の学生が発言する。

「昨年十月に来た台風の被害は、過去最大規模と報じられました」

「そうですね。単に最大規模というだけですか？　ほかには？」

「テレビ報道で見たのですが、ヒマラヤの氷河地帯で、氷河湖のダムが決壊して、麓の村が損害を受けました」

別の学生たちからも、

「大京市で十二月に降雪がありませんでした」

「中部地方で蚊が大発生したそうです」

などの意見が出た。

篠崎教授が発言する。

「いろいろありますね。これらの事象で共通することは何だろう？」

「Ｗｈｙを言うのは早いかもしれませんが、暖かい日が増えています。気候を温暖化する何か原因があるのかもしれません」と学生から発言があった。

「そうですね。いい指摘です。その前に確認したいことはありませんか？　５Ｗ１Ｈの中のどの頭文字を使うのがよいでしょうか？」

　蘭が発言した。

「私は島本県から来た蘭といいます。私はＨｏｗが次に重要だと思います。気候が温暖化していると思いますが、どれくらい暖かくなっているのでしょうか？　数値化して見たいです」

「いいですね。でも、それを自分でするのは大変ですね。世界の温度の変化はすでに気候学者によって計測され、発表されています。それを参考に使いましょう」

「このグラフを見てください」篠崎教授がスクリーンにあるグラフを表示した。

「これは過去約百年間の世界の年平均気温偏差のグラフです。過去百年で〇・七六度上昇しています。このデータを見る限り世界の、地球の気温が上昇していることに疑問の余地はありませんね。そして気になるのは、最近二十年間の上昇カーブが高いことです。

なぜ、気温が高くなったのでしょうか？　やっとＷｈｙの出番です。〝なぜ〟を考える上でも、いきなり原因を決め付けるのでなく、地球で起きているほかの変化に着目しましょう」

篠崎教授は別のグラフを示した。

「これは大気中の二酸化炭素、すなわち炭酸ガスの濃度を年代別にグラフにしたものです。八十万年前からの炭酸ガス濃度の推移を見ると、一九〇ｐｐｍから三〇〇ｐｐｍの間で定期的に上下を繰り返している。しかし、西暦一七五〇年頃を機に上昇傾向が続き、四〇〇ｐｐｍを超えるところまで来ました。一七五〇年頃は第一次産業革命があった頃です。蒸気機関が発明され、石炭の需要が高まった頃です。この間の約百年の間に世界の気温は〇・七六度上昇したとの報告があります」

「ということは、炭酸ガス濃度の上昇と気温の上昇は相関があると見てよいのでしょうか？」と学生から質問が上がった。

「私は相関があると思っています。みなさん、温室効果ガスという言葉を聞いたことがあるでしょう。温室効果ガスとしては炭酸ガス、メタンガス、水蒸気などもありますが、その量の点で見ると炭酸ガスが最も温暖化への影響度が高いのです。

しかし、私が今述べた見解に対して、まだ懐疑的な意見を持つ学者もいます。二十年ほど前には懐疑的な意見のほうが多かったと記憶しています。特に経済成長が国民の幸福に直結すると考えている政治家には懐疑論者が多かったのです」

「大きな流れとして温暖化のメカニズムは理解できたと思います。先生、私たちはどうしたらいいのでしょうか？」学生が真剣な表情で尋ねた。

「温暖化が行き着く先の状況を想像してみましょう。多分、今みなさんが気にしている状況がさらに極端になると考えられます。今、世界各国は温暖化をとめるための方策を話し合い、炭酸ガス排出の低減目標を立てました。しかし、低減するための方策の実行はとても困難です。

次回の講義は炭酸ガス排出削減のための方策について考えてみましょう」

篠崎教授の講義は終わった。

講義のあと、蘭と玉藻はいつものように正門前の喫茶店でおしゃべりしていた。

すると、店に二人の男が入って来た。どこかで会ったことがあると思った。思い出した。今日の講義で発言した、南の国から来た青年サモアだった。

サモアは二人を認めて話しかけてきた。

「やあ、貴女たちもさっきの講義を受けていたのですか？　篠崎教授の講義はいかがでしたか？」

「こんにちは。講義は新鮮でした。そして面白かったですね。貴方はどうですか？」

と玉藻がにっこり笑って答えた。

「大変新鮮でした。〝５Ｗ１Ｈ〟の話は思いもかけませんでした」

「同感です。まさに〝目からうろこ〟でした」と玉藻。

「〝目からうろこ〟は、どう意味ですか？」

「目にうろこが張り付いていて、それが外れてそれまで思っていなかったことが理解できるようになった、という意味です」

「分かります。まさに目からうろこが落ちました」

「ところで、サモアさんでしたね？」と蘭が口をはさむ。

「あっ、名前を覚えてくれたのですね。ありがとう。だけど僕は貴方の名前を思い出せない。ごめんなさい」

「気にしない。私は蘭、意味は南の国に咲く花カトレアです。父が名づけました。隣は親友の玉藻、素敵な名前でしょ。意味はなんだっけ？」

「玉はこの国の古い言葉で美しいという意味です。藻は海中の藻です。美しい藻という意味です」玉藻が答える。

「素敵なお名前ですね。気になることは今日発表したとおりです。私は建築学を専攻しています。卒業したら、ここで学んだ建築学を実際に仕事として試してみたいと思っています。その時、さっき発表した気になることがどうなっているか？　それに建築学の観点からどう対処するかが、私のテーマです」

「僕はダン、アフリカの内陸の国〝コンゴ〟から来ました」

サモアの隣の男子学生が口をひらいた。

「僕は土木を専攻しています。私の国は長らく植民地支配されていて、独立してからまだ年数が経っていません。道路や鉄道といった社会的基盤も整備されていません。それで、土木を専攻しています」

篠崎教授の第四回目講義が始まった。

「今日は炭酸ガス排出削減のための方策を考えてみましょう。どんな方法があるかな？」

「再生可能エネルギーの利用拡大」

「それ以外は？」

「原子力発電を増やし、石炭発電を止める」

「それから？」

「炭酸ガス吸収のために、植林をする」

「炭酸ガス吸収のための新しいテクノロジーの開発」など学生たちから発言があった。

「そんなところかな。では、それらの方策を実現しようとすると、どれだけのコストが必要か？　また、それらの方策を実現させるために必要な準備期間は、どれほどだろうか？」

「先生の言われたことをやろうとすると、大変な作業になりますね」

「そのとおりです。もう一つ忘れていることがあります。それは、炭酸ガス排出削減とは逆に増やし続ける活動があります。例えば自国の経済成長を求めて森林を伐採して開発を進めるなど、これを放置すると炭酸ガス排出削減努力にもかかわらず、地球環境は悪化してしまいます」

教授と学生の間のディスカッションが一段落すると、篠崎教授はおもむろに話し出した。

「実は、私の講義はこれが最後になります。本日をもって定年退官いたします。この日に当たり、みなさんのような優秀な学生に会えたことをとても幸せに思います。環境学はやっとスタートしたにすぎません。今後も常に自然現象を見つめ、気がかりなことをみつけ、そのことが激化するのか、気がかりなことが起きる場所は拡大しているのか、注意深く観察することが大切です。私もこの大学は去りますが、このテーマについて研究を続けるつもりです。みなさんが研究活動を進めるに当たって、是非５Ｗ１Ｈの優先順位を思い出してください。ありがとうございました」

蘭は、この講義が篠崎教授の退官記念講義になることをうかつなことに知らなかった。多くの学生も同様のようだった。

突然、講義室の奥から拍手の音が流れてきた。蘭も玉藻も手が痛くなるほど拍手をしていた。

篠崎教授の退官記念講義を受けて、興奮冷めやらぬまま、蘭と玉藻は大学正門前の喫茶店に入った。

「篠崎先生の講義が終わっちゃったなんてびっくりしたね」玉藻が言う。

「とても残念ね」蘭が応える。

すると、ドアが開いてサモアとダンが店に入って来た。

「やっぱりここでしたか。篠崎教授の講義が終わったのはとても残念です。教授のお話は難しい言葉を使わず、そして急がず、私たち留学生にも理解しやすいものでした」

サモアが言う。

「まったく同感です。留学先にこの大学を選んだのは正解でした」ダンが続ける。

しばらく談笑したあと、蘭が尋ねた。

「サモアさんもダンさんも、この国に来てからもう何年になるのですか？　ホームシックにならないのですか？」

「もう三年になります。最初の一年は和国語を学びました。そして教養課程。篠崎教授の講義は教養課程の一環です。専門課程とは直接関係がないけれど、大変勉強になりました」サモアが答える。

「僕も三年になります。専門課程をあと二年、合計五年かかります。僕は国費留学ですから、授業料も生活費も国の予算から支給されています。コンゴはとても遠いので簡単に帰れません。もちろんホームシックもかかりました。けれどこうやって貴女たちチャーミングな人と友達になれて、ホームシックも治りましたよ」ダンが続けた。

「この国について印象深いことはありましたか？」玉藻が訊ねる。

「歴史ですね。前にも言ったけどコンゴは独立して日も浅く独立運動の際に、コンゴの歴史的なものが多く失われました。とても残念です」ダンが答えた。

「僕も和国の歴史に興味があります。歴史といえば皇帝や王様の話を思い浮かべるが、それ以外にも人々が伝えてきた技術、芸術も興味があります」サモアが言う。

「サモアさんが言われたことに、ぴったりのものがありますよ。私の育った島本県には約千年以上伝えられたタタラ製鉄というものがあります。タタラ製鉄は砂鉄の採取から、還元用の炭の作成、製鉄作業そのもの、それがほぼ人手で行われるの。私は見たことないけど、炭焼きに友達がいるよ」と蘭が話した。

続いて玉藻が話した。

「得られた鉄は和刀の材料になるの。その作業そのものが神秘的なのよ」

「それは、興味深いですね」サモアとダンが同時に言った。

「機会を見つけて見学できないか、調べてみるね」蘭が言った。

第3章 友情

八月、夏休みもそろそろ終わりだ。大京市のバスターミナルに四人の若者が集まった。

「みんな集まったね。忘れ物はない？」

リーダーの蘭が三人に声をかける。若者が集まって何かをする時は、決まって蘭がその場を取り仕切る。蘭にとって極自然なことで幼い頃から状況判断が早く、てきぱきと行動するのが習い性となっていた。残りの者も、不満はない。

これから高速夜行バスで、蘭の出身地の島本県の榎村に旅行する計画だ。

四人の顔ぶれは、蘭の親友の玉藻、留学生のサモアとダン。留学生二人のたっての希望で、和国に昔から伝わる技術を見に行くところだ。

「バスの出発は午後九時だよ」

「何時頃着く予定ですか？」ダンが尋ねた。

「九時間後の翌日朝六時だよ。途中で二回休憩がある。運転手も二人で、交代しながら行くんだよ。休憩のサービスエリアには食堂もあるけど、夜中だからメニューは限られているよ」

蘭は何度もこのバスを利用しているので、いろいろな情報をもっていた。

「島本市についてからどうするのですか？」サモアが訊ねた。

「島本中央駅からローカル線で、榎市に向かうの。出発は七時半。榎市到着は九時」

「榎市についたら？」玉藻が聞いた。

「私の幼馴染が迎えに来る。榎市駅前で朝食にしましょう。そこで彼を紹介するよ」

榎市駅前。四人が降り立つと谷次が迎えに来ていた。

「谷次、迎えに来てくれてありがとう。仕事はいいの？」

「蘭の命令だったら何をおいても駆けつけなきゃ。あとで紹介するけど、俊介(しゅんすけ)も茜も会えるのを楽しみにしているよ。まずは朝食にしよう。予約してあるから」

　谷次の案内で、駅前の食堂に入った。みんながそれぞれ席に着くと、谷次が言った。

「田舎だからそんなにご馳走はないけど、川魚と野菜炒め定食がお勧めだよ」

「谷次、紹介する。こちらがトンガからの留学生のサモア、コンゴからの留学生のダン、そして玉藻、私の親友だよ。そして、彼が谷次、私の幼馴染」

「初めまして。蘭の幼馴染というより子分の谷次です。小さい頃はいじめっ子がいると、よく蘭に助けてもらいました。それ以来、蘭には頭が上がりません」

「さっそくだけど、これからの計画は？」

「まず、宿に行き、荷物を預けます。それから俺の炭焼き小屋まで行きます。車で二十分、そこから歩いて三十分ほどです。炭焼き作業を説明しますが、今は炭焼きのシーズンではないので、俺たち炭焼きが日頃どんなことをしているか説明します。炭焼き窯にも入って準備作業を体験します。炭焼き窯は煤で真っ黒だから、汚れてもかまわない服装に着替えてください。終わったら宿で、榎村の青年団の仲間と夕食です。青年団長の俊介や茜はそこで合流です」

「ありがとう。翌日は？」

「タタラ製鉄の説明をします。タタラ吹きも季節が違うので体験はできません。タタラ吹きは冬の作業ですから、また機会を作っておいでください」


炭焼きは榎村のタタラ炉が築かれる高殿から約三キロほど北の山麓で行われる。ここに谷次が働く炭焼き小屋がある。

「ここが谷次さんの仕事場ですか？」と玉藻が聞く。

「そうだよ。タタラもそうだけど、炭焼きもいろいろな準備作業があるんだ。炭の原料の丸太を集めなきゃならない。ここからさらに五百メートル登ったところに林がある。そこまで行って樵と同じ仕事をするんだ。木を切り倒し、枝を落とし、長さをそろえて、やっと運び出すことができる。その丸太をここまで運搬するのも仕事のうちだよ」

「なかなか大変だね。丸太はどれくらい必要なの？」

「そうだな、あまり考えたことないな。ここにある炭焼き窯は、縦四メートル、横三メートル、高さは一・五メートルで、中型なんだ。一回の炭焼きで約一トンの炭ができる。炭焼き窯がいっぱいになるまで材料の丸太を詰めるんだよ。今回のタタラ吹きでは約十二トンの炭が必要だから、ここの炭焼きだけでは足りないんだ。近くに同じような炭焼き窯があと四箇所あって、それぞれ三回くらい炭焼きをする」

「それだけの木材を集めるにはどれくらいの林が必要になるのですか？」とダンが聞いた。

「一回の炭焼きには約一ヘクタールの森林面積が必要とされているよ」

「一回のタタラ吹きに必要な十二トンの炭を得るには十二ヘクタール必要なんだ。炭焼きに必要な丸太は、樹齢三十年以上になるから、炭焼きを継続的に続けるには三十倍の約三百六十ヘクタール、サッカーグラウンド五面ほどになる。炭はかさばるから運搬も大変なんだ。昔は人間が担いで行くか馬で運んだ」

「炭焼きはどれくらい時間がかかるんですか？」とダン。

「そうだね、木材を窯の中に入れて、窯の炊き口に火をつける。つけてから六〜七時間。窯の中で熱分解して炭化が進む、この過程の時間は窯の大きさにもよるが二〜五日、そして黒炭を作る時は窯を四〜五日密閉して冷やして取り出す。つまり、一週間から十日かかることになる」

「大変な作業だね」とダンが言った。

「これだけじゃないんだ。炭も出来不出来があるから、選別作業も必要なんだ。そして運搬のための荷造り、運搬作業そのもの。山道だから昔は機械が使えず、馬の背に乗せて運んだそうだよ。それから植林」

「植林？」とダン。

「そう植林。木を切って丸太をとってそのままにしておくと、山はすぐに荒れてしまう。保水力が悪くなり、土砂崩れも生じやすくなる。それに何より木を植えても次にいるんだ」


丸太を取り出すためには三十年かかる。俺たち炭焼きは三十年後も考えて仕事をして
「聞けば聞くほど大変な仕事だな」ダンが感心して言った。

「どう、やって見る？　今から丸太を窯の中に入れる工程だよ。ただ単に丸太を詰め込めばいいというわけにはいかないんだ。火の回り方、煙の回り方が均一になるようにしなければならない」

「よし、やってみる」ダンとサモアが口をそろえた。

「私もやる」蘭も玉藻も同時に言った。

「丸太を窯の中に積み込むんだけど、これも工夫が必要だよ。最初に窯の床に均一にこんな風に木を並べる。床の部分は温度があまり上がらないので良い炭はできない。その上に丸太を縦にして窯の奥から立てかけるんだよ。要領は分かったかい？　分かったらやってみよう」

「窯の中は随分狭いね」

「そうそう、そうやって立てかけていく。最後は立てかけた丸太と天井との間に、木材をならべる」

「くたびれた。窯の中の作業が思っていた以上にきついので参ったよ。天井が低いから中腰の作業で腰が痛い」背の高いサモアが腰を伸ばして言った。

「これから窯の入り口を塞ぎ、一部穴を開けて窯焚口をつくるんだ。それから焚口に火をつけて、二〜三日かけて窯の温度を上げる。窯の後ろにある煙突から出る煙を見ながら通気口を開け閉めして、木材の炭化を進めるんだ。煙の色や匂いを見て炭化の進み具合を確認し、通気口と煙突を塞ぎ、窯が冷えるのを待つ。冷えた頃を見計らって、いよいよ窯出しだ。窯が冷えるのを待つと言ったが、待ちすぎるとせっかくの炭が灰になってしまう。だから窯出しの時は、長い棒の先にかぎ状の金具をつけたかき出し棒で炭を窯からかき出す。この時はまだ炭は高温で赤く燃えていて危険なんだ。赤く燃える炭の燃焼が進まないように灰や砂をかける。そして冷えるのを待つ。大雑把に言うとこれがここの炭焼きの全工程になる」

「本当に大変なんだな。それだけして収入はどれくらいになるのですか?」とダン。

「炭焼きだけではとても食えない。また寒い季節だけの作業になるから、植林や山の手入れなどの手間賃、農作業で収入を得ている」

炭の材料となる木材の窯入れ作業は終わった。谷次も含め五人全員が煤で真っ黒い顔をしている。心地よい疲れがあった。

「見て!」玉藻が山の中腹を指差して叫んだ。

「狐だ。あの狐は谷次のお友達?」蘭がふざけて言う。

「そう。友達だ。あいつは誰かみたいに『あれやれ、これやれ』と指図しないんだ。あいつがいるおかげで、この場所が俺の御殿になっている」谷次が笑いながら言った。

「誰かって誰のこと?」蘭が言うと、蘭以外の全員が顔を見合わせて笑い出した。

「さあ、帰ろうか。宿には温泉もあるから入ったらいいよ。出たら夕食だ」谷次が言い、みんな歩き出した。

翌日、朝九時、榎の大木の前にある高殿に、蘭たちが集まっていた、迎えたのは青年団長の俊介と、立派な髭を蓄えた老人だった。老人とは言うが、背は高く肩幅の広い威厳のある人物だった。

「みなさん昨夜は充分眠れましたか?」俊介が言う。

「昨日炭焼き小屋で谷次にこきつかわれたから、布団に入った瞬間に眠ったよ」蘭が答える。

「紹介しましょう。村下(むらげ)、こちらの学生は和国に残る伝統技術を見たいと、都からやって来た人たちです。蘭はよく知ってますね。二人の留学生も含まれています。みなさんこちらに居られる方は、村下の淳造(じゅんぞう)さんです。村下はタタラ吹き作業の全体を見て指示をする総責任者です。疑問に思ったことは遠慮なく訊ねてください」と谷次が紹介した。

「淳造じいさま。お忙しいところ、ありがとうございます」蘭が挨拶すると、

「じいさまだと、偉くしおらしいな。いつもは淳造ジジと言ってたのにな」淳造が言った。

淳造がタタラ吹きの説明を始めた。

「タタラはこの榎村で一番大きく頑丈なつくりの高殿の中で行われる。たたら製鉄は湿度の低い冬場に行う。通常タタラ吹きと呼ばれている。今はタタラ吹きの季節ではないので、写真で説明するしかない」

写真を示しながら淳造の説明は終わった。

作業は大きくタタラ炉の作成と、実際のたたら吹き作業に分かれる。

それまでの説明を聞いてサモアは疑問を感じた。

「全部人手で行うのですか？　もっと機械を利用する方法はないのですか？」

「機械を使って効率を上げることは可能でしょう。でも、炉の中の状況は長い経験が

ないと分からない。その経験の中にはタタラ炉の作り方も含まれているのです。私たちは頭が固いのでしょうな」村下の淳造が苦笑いしながら言った。

三日三晩、不眠不休の作業が続く。

「順調に行けば炉の下に鉧(けら)ができる。この炉では一回のタタラ吹きで約二・五トンの鉧ができる。

いよいよ鉧の取り出しだ。まだ高熱を保つタタラ炉を、大きなかぎがついた丸太で、炉の上部から炉の壁を引っ張り崩す。危険な作業が待っている。崩したあと、炉の下に横たわっている高熱を帯びた塊を引っ張り出す。これが鉧だ、約二・五トンの鉧を冷やし、適当な大きさに砕く。砕かれた塊が玉鋼(たまはがね)だ」淳造の説明は終わった。

「玉鋼はどれくらい取れるのですか?」サモアが訊ねた。

「順調なら、約四〇〇キロの玉鋼が取れる」

「これだけの作業をして、四〇〇キロですか！　信じられない」サモアとダンがため息をついた。

「説明は終わりだ。タタラ吹きは冬に行われる。年に四回くらいだ。興味があったらまた冬に来てください」と淳造が締めくくった。

「玉鋼の作り方は理解できた？」と蘭がサモアとダンに尋ねる。

「分かった気がするけど本当の作業を見てみたいな。そうでないと、淳造さんたちの苦労が理解できないし」とサモアの言葉にダンが頷く。

「それと、それだけ苦労して作られた玉鋼がどうやって利用されているかも見てみたいな」とサモアは付け加えた。

「そう言うだろうと思っていたよ。帰りに和刀作りの郷（さと）に行ってみよう。実際に作業そのものを見ることができるか分からないけど、和刀博物館があるからおおよそのところは理解できると思うよ」と蘭が提案した。

和刀博物館にやってきた。館長の刀工が、ビデオと写真で刀制作の様子を説明した。

　説明のあと、サモアが質問する。

「なぜ玉鋼を使うのですか？　工業用の鉄より随分高いと思うのですが」

　館長が答えた。

「ビデオで見られたでしょうが、鋼を高温に熱し、叩いて伸ばし、それを折りたたんでまた伸ばす。それを繰り返して、刀が折れにくいようにしていきます。工業用の鉄では、叩いて伸ばす段階で欠けたり折れたりしてしまいます」

「なぜですか？」サモアがさらに質問する。

「詳しいことは分からないが、成分を調べると、玉鋼のほうが炭素やケイ素やリンといった不純物が少ないそうです。なぜタタラ製鉄のほうが不純物が少なくなるのかは、私には分かりませんが」と館長。

　サモアとダンは館長の説明を聞いて興味深そうに頷いた。

　そのあと、みんなで展示してある刀剣類を見学して帰路についた。

第４章　山崩落

昨夜来のしのつく雨が、小屋の屋根を乱打していた。

この島本富士の中腹にある作業小屋に、不安げな顔の五人の男たちが、部屋の隅のテレビを見つめていた。テレビではニュースを流している。気象予報士がこの台風の進路を報じていた。また台風の勢力の強さも過去最高レベルとも言い、警戒を呼びかけている。

「まずいな。まっすぐこっちにやって来る。いや、まっすぐじゃない。ちょっと左にそれて、この村は台風の進路の右側になる」青年団のリーダーの俊介が言った。

「右側だと、何か具合が悪いのか？」

「台風の風は半時計回りに吹く。台風の進行方向と風の方向が重なり、右側には強風と大雨が襲うんだ」

「そうか、よりによってこんな時にやってこなくてもいいのにな」と部屋の隅から声がした。

一週間後のタタラ吹きのため、山では花崗岩を砕き、砂にして神流川（かんながわ）に落とし、砂鉄をタタラ場近くまで流す作業の真っ盛りだった。これを鉄穴流（かんなながし）と言い、流れる過程で、比重の大きい砂鉄とその他の砂とを分ける工程だ。花崗岩の成分のうち鉄分はわずか五パーセント程度にしかならない。ということは残りの九十五パーセントの砂が川底にたまり、河床が上がり、川は容易に氾濫することになる。通常なら時間をかけて、川の上流下流の様子を伺い、また下流の農家とも打ち合わせ、間違っても氾濫しないように計画するのだ。順調なら砂は下流に流れ、途中で扇状地を作り、水はけのよい農地を形成する。さらに流れると海に到達して、洲を作る。千年近い年月をかけたタタラ製鉄の歴史が、海に流れた砂を堆積させ、風光明媚な浜を作っていた。

テレビは地球温暖化についての特集に移っていた。地球温暖化の影響は、様々な気候現象を起こす。例えば、海水温の上昇により海面からの水蒸気が増え、低気圧を発生させ、サイクロンや台風発生を増大させる。そして、そのサイクロンや台風の勢力が強くなる。

サイクロンや台風にともなう氾濫が全世界的に頻発（ひんぱつ）する。そうかと思えば、土地によっては異常に高温の夏をもたらし、空気は乾燥し、山火事をひき起こす。この地球温暖化の原因は何か。気候学者は人間の野放図な経済発展によるものと警鐘を鳴らしている。経済活動の発達により、エネルギー消費が脹らみ、そしてそのエネルギーの大部分は、化石燃料の使用により、温室効果ガスすなわち炭酸ガスの増大が温暖化をもたらしていると訴えた。

この仮説は当初空言だと無視されてきた。特に経済成長を錦の御旗に掲げる保守系の政治家には疑問の声を上げる者が多かった。極端な例では、自国の経済力を弱めるための、大漢国（昨今、経済発展著しい後発国）の陰謀説までささやかれた。

「おい、この大型台風は地球温暖化のせいだと言ってるぜ。炭酸ガスを出すのは温暖化に手を貸すことだと言っている。すると、俺たちがやっているタタラ製鉄は温暖化を進める犯人じゃないのか？」

「何を言ってる」

「そうじゃないか。製鉄に必要な炭は、砂鉄の一・二倍は必要だ。だから、山の木を切って炭を作っている。木を切るのは、炭酸ガスを吸収する森林の力を殺すことにならないか」

「そんなこと言ったら、俺たちの仕事をやめろということか？　俺たちはどうやって飯を食えばいいいんだ？」

「やめろ、今そんなこと言っても何の役にも立たない。ちょっと待て、何か変な音がしないか？」

そういえば、先ほどから防災のサイレンが鳴り響いていた。川の上流方向に数人の男たちが走っている。

小屋のドアが大きく開いた。青年団の青年が飛び込んできた。

「大変だ。堤防が切れそうだ。手のすいた者はみな、川岸に集合している。お前たちもすぐ行け」青年団長の俊介が叫んだ。

「分かった、俺も行く」谷次は叫び、小屋から飛び出した。ほかの男たちも血相を変え、谷次に続いた。

谷次たちがたどりついた場所は、龍が淵と呼ばれ、神代から龍が住まうと言われていた場所だ。高さ二十メートルほどの滝から落ち、平素は滝つぼに満々と透き通った水をためているが、今は茶褐色ににごっている。滝つぼの端から川が始まる。その川がごうごうと音をたて、茶色い水を押し流している。滝つぼから五百メートルほど下ると、右から別の川が流れ合流する。この合流点の土手が崩れ落ちそうになっていた。

谷次は、音をたてて流れ下る川を見て、息を飲み込んだ。川の表面は土手の上まで約三十センチしかない。川の表面は刻々と上昇している。このままではあと十分ほどで土手を越え、土手は決壊するだろう。

青年団長の俊介が叫んだ。

「なに、ぼ～っと見てるんだ！　すぐに土嚢を放り込もう。谷次、お前は二、三人連れて向こうに行き、土嚢を作れ。二郎(じろう)、お前たちは土嚢を土手の上まで運べ。残りの者は土嚢を土手の上に積み上げろ。みんな、分かったか」

「分かった！　任せろ」男たちは力強く叫んだ。

「みんな、くれぐれも水に巻き込まれるなよ。上から流れてくる流木にも気をつけろ」

男たちが土嚢積みに奮闘している所から下流に一キロメートルほどには、隣村の消防団員が集まり、大声をあげながら土嚢を土手の上に並べていた。みんな必死の形相をしている。

男たちが泥まみれになって約二時間経った。土手の上に積み上げられた土嚢の堤は二百メートルほどに達した。

「危ない！」俊介の声が聞こえてきた。上流から太さ三十センチはあろうかと思われる流木が枝をつけたまま流れ下ってくる。

作業していた男たちは、俊介の声で危うく難を逃れた。

流木が約二百メートルに伸びた仮の堤の下流部で突き当たり、土手を砕いた。水が土手の砕けた場所から越えた。土手を越えた濁流は渦を巻き、田んぼへと流れ下る。流れ下りながら、土手を削り始めた。

「危ない！　土手から離れろ！」俊介の声がした。このまま土手の上で作業していると、男たちは濁流に流されてしまう。

男たちの奮闘虚しく土手は決壊し、濁流が田畑を飲み込み、村を飲み込んだ。男たちは呆然と立ちすくんでいた。

西の空が明るくなってきた。台風が通り過ぎ、青空が戻ってきた。

俊介が叫ぶ。

「みんな元気を出せ。村の中へ戻るぞ。家族たちはどこへ行ったか確かめよう」

村の中の小高い丘のほうから、年寄り、女、子供が這い出てきた。村の家々は酷い有様だが、誰一人犠牲になった者はおらず、全員で安堵の息を吐き、抱き合い、声をからして無事を喜んだ。

「さあ、みんな元気を出せ。みんなで村を再興するのだ。幸い、丘の上の集会所は無事のようだ。年寄りと子供、女は集会所に行き、眠れる場所を確保してくれ。そして炊き出しもたのむ」

俊介がてきぱきと命令した。

それぞれが自分がやるべきことを理解し、作業を始めると、俊介と谷次は村の状況を確認しに離れた。

タタラ場は、村の中で最も大きく頑丈な高殿の中に作られている。それでも壁のいたるところが崩れ落ち、褐色の泥水が流れ、褐色の砂が堆積していた。途中まで作りかけていたタタラ炉は、原型をとどめることなく、崩れ落ちていた。しかし、太い柱はがっしりと立っていた。

「大きな被害にあったが、何とか立て直せそうだな」俊介が言う。

「ああ、村が片付いたら、タタラ炉を作り直そう。それから、砂鉄も、炭も集めよう」

谷次が低い声でつぶやいた。俊介は谷次を見てにやりと笑った。

一夜明けると、この台風による被災状況が徐々に明らかになった。榎村の下流にある田んぼは砂鉄交じりの土砂が流れ込み、田と田の境界も定かではない。ところが棚田の石積みの壁は原型をとどめている。昔からの英知の塊の棚田は思った以上に堅牢だ。田は稲刈りが終わったあとなので収穫には問題がない。しかし、余分に流れ込んだ土砂を除去し、腐葉土や堆肥を入れる作業が残っている。

今回の台風被害は、榎市内ではさほど大きくなかった。家屋の被害は、全壊が十棟、半壊が二十棟、床上浸水が約三十棟であった。

台風の規模からすると、人的被害は意外に少ない。隣村では、川の状況を見に出た農夫が水に流され、二キロ下流で遺体として発見された。

一方で、被害の大きかった村では流れ込んだ土砂と、壊れた家屋から出る、ぬれた家具、寝具、たたみ、食料、瓦礫など、災害ゴミが大量に残った。また、濁流はトイレなどを破壊し、汚れた水が残っている。衛生上の問題も懸念される。


しかし、隣接する山岡県では、山岡ダムの決壊と、それに伴う川の氾濫が広範囲におよび、人的被害は二百人を越える見通しだった。

中央政府から災害復旧隊が派遣され、道路や鉄道の復旧も進んでいる。家を失った人に対し、緊急避難用の仮設住宅が提供された。

これから長い復旧復興の施策が展開される。

全国各地からボランティアが駆けつけた。ボランティアは被害の大きかった神流川の下流部に集中した。足の便が悪いこともあり榎村へ入るボランティアは少ない。それでも被災の三日後には和国の首都大京市にある大京大学の環境学部の学生有志が駆けつけた。

学生たちは日頃フィールドワークとして、山奥や、海岸へも出かける経験をつんでいる。災害地でのボランティアは、自立することが求められる。テントを持参し、水、食料も運んできている。実に逞しい。復旧作業を共にすることで、榎村の青年団員とボランティア学生の間で友情が育まれていた。その中には女性もいる。特に目立ったのは〝蘭〟と呼ばれる元気いっぱいの女性だ。

実はこの蘭、榎村の出身で、テレビで榎村の被災を見て、すぐに有志を募り、ボランティア団体を結成した。蘭は被災地の状況をすばやく観察し、何からやるべきかを掴み、自ら作業をすると同時に、ボランティア学生に作業指示をする。学生たちはその指示に従っている。のちに知ったが、学生の間では、〝蘭〟を陰で〝ハチキン〟と呼んでいた。

〝ハチキン〟とは蘭の祖先の故郷の隼人県の言葉で、男四人分の働きをする女性の尊称である。〝ハチキン〟と呼ばれることを嫌う女性もいるが、蘭はまったく気にしない。彼女の母も祖母もみな〝ハチキン〟と呼ばれていた。

蘭という名前も歴史がある由緒正しい名だと伝えられている。蘭の故郷の隼人藩はその昔、隼人国と呼ばれていた。北に荒々しい火の山をあおぎ、南はどこまでも広がる海に面している。豊穣の海で時には〝汐ふく大魚〟が訪れる。〝汐ふく大魚〟が来ると隼人の男どもは血が頭に上り、船を漕ぎ出し〝汐ふく大魚〟をとりに出かける。〝汐ふく大魚〟もむざむざとられはしない。その巨体をうねらせ船に体当たりすることも多い。船が破壊され、投げ出される男も多い。隼人の国の男はそうやって鍛えられている。

男たちは陸に上がると、酒を飲み、相撲をとってほうけたように暮らすのが常であった。女たちが村の生活を取り仕切ることが自然の理（ことわり）となった。大京大学からボランティアとして榎村に来た蘭は、その末裔らしい。

第5章　復興のタタラ

榎村の洪水から二年が経過していた。ようやく村の家々の再建が済み、村人に普段の生活が戻ってきた。

榎村も中央政府からの支援と多くのボランティアの活動で、泥に漬かった家屋や家具の撤去も終わり、田畑は汚れた土砂を取り除き、新たに清潔な土と有機農法で作成された堆肥を投入するなど、以前の収穫を見込めるほどの復興がみられた。多くの倒壊家屋も再建された。

榎村に代々続いてきたタタラ製鉄の復興の機会がやって来た。製鉄で得られた玉鋼を刀工たちが待ち望んでいた。

タタラは、花崗岩を砕いた砂に含まれる砂鉄を炭で焼き、還元と不純物を除去する古代からの技法だ。一回のタタラ製鉄には約十トンの砂鉄と約十二トンの木炭を必要とする。製鉄作業は、表村下（おもてむらげ）と呼ばれる職人頭と、裏村下（うらむらげ）、村下見習い、炭を炉に投入する炭職人、合わせて十二人ほどの人間が三日三晩を徹して行われる。得られる鉧は約二・五トンだ。この作業は、大変厳しい作業を伴うが、それでいて得られる鉄はわずか四百キロ。近代的な工場による製鉄に敵うわけもなく、衰退する瀬戸際にあった。それでもタタラで得た鉄は玉鋼と呼ばれ、刀を作る刀工からは絶大な信用を得ていた。

今回のタタラ製鉄は、二年前の洪水からの復興と、伝統技術の復権との観点から注目されている。中央の政府からは、文化庁の審議官が特別に加わっていた。また、和刀の打ち刃物師や、数名の若者たちも参加している。二年前の台風被害の直後に、災害救援ボランティアとして駆けつけた二人の留学生を含む大京大学の学生たちも見学が許されていた。留学生の一人は建築学を学ぶサモア、もう一人は土木学を学ぶダン。二人はそれぞれの専攻する分野とは別に、和国に古来から伝わる文化についても興味があった。

タタラ吹きには、見えない準備が必要である。タタラ炉の作成、砂鉄の元の花崗岩の採取、砂鉄の移動、炭焼き用木材の確保、炭焼きそのもの、炭の運搬などである。ダンは砂鉄の確保と炭焼きの作業に興味をもった。まず、砂鉄の確保の様子を見に行った。山の中腹にある花崗岩の露頭で花崗岩を崩す。昔はこの花崗岩を崩す作業中に崖が崩れ、落下する岩や砂に巻き込まれ命を落とす者も出たそうだ。花崗岩を崩して得られた砂は近くの川に落とし下流に流す。この過程で比重の違いから砂鉄を沈殿させて砂と砂鉄に分離する。これを鉄穴流という。得られる砂鉄は約五パーセントで、残り九十五パーセントが砂になる。残りの九十五パーセントの砂が、堆積して独特の景観を生み出す。川によって砂は流され扇状地を作り、はては海に至り砂州を形成する。

次いで炭焼きを見学した。炭焼きは榎村の高殿から約三キロほど北の山麓で行われる。ここに谷次が働く炭焼き小屋がある。ダンは同年代ということもあり友情を育んでいた。

「ダン、よく来たね。遠かっただろう」谷次が声をかけた。

「久し振り、谷次。ここは前に来た炭焼き窯と同じ場所だね」

「ここで炭を焼くけど、その前に炭の原料の丸太を集めなきゃならない。ここからさらに五百メートル登ったところに林がある。そこまで行って樵と同じ仕事をするんだ。木を切り倒し、枝を落とし、長さをそろえて、やっと運び出すことができる。その丸太をここまで運搬するのも仕事のうちだよ」

「なかなか大変だね。丸太はどれくらい必要なの?」とダン。

「そうだな、あまり考えたことないな。ここにある炭焼き窯は、縦四メートル、横三メートル、高さは一・二メートルで、中型なんだ。一回の炭焼きで約一トンの炭ができる。炭焼き窯がいっぱいになるまで材料の丸太を詰めるんだよ。今回のタタラ吹きでは約十二トンの炭が必要だから、ここの炭焼きだけでは足りないんだ。近くに同じような炭焼き窯があと四箇所あって、それぞれ三回くらい炭焼きをする」

「炭焼きにはどれくらい時間がかかるの？」

「そうだね、木材を窯の中に入れて、窯の焚き口に火をつける。つけてから六〜七時間。窯の中で熱分解して炭化が進む、この過程の時間は窯の大きさにもよるが二〜五日、そして黒炭を作る時は窯を密閉して四〜五日して冷やして取り出す。一週間から十日かかることになる」

「大変な作業だね」とダン。

「これだけじゃないんだ。炭も出来不出来があるから、選別作業も必要なんだ、そして運搬のための荷造り、運搬作業。そして植林」

「植林？」

「そう植林。木を切って丸太をとってそのままにしておくと、山はすぐに荒れてしまう。保水力が悪くなり、土砂崩れも生じやすくなる。それに何より木を植えても次に丸太を取り出すためには三十年かかる。俺たち炭焼きは三十年後も考えて仕事をしているんだ」

「聞けば聞くほど大変な仕事だな」

「どう、やってみる？　今から丸太を窯の中に入れる工程だよ。ただ単に丸太を詰め込めばいいというわけにはいかないんだ。火の回り方、煙の回り方が均一になるようにしなければならない」

「よし、やってみる」

「丸太を窯の中に積み込むんだけど、これも工夫が必要だよ。最初に窯の床に平均にこんな風に木を並べる。床の部分は温度があまり上がらないので、よい炭はできない。その上に丸太を縦にして窯の奥から立てかけるんだよ。要領は分かったかい？　分かったらやってみよう」

「以前、蘭や玉藻と来た時に、一回ためしに丸太を詰めたことを思い出すよ」

「そうだね。今度は本番だから、あの時よりキッチリ詰め込もう」

「窯の中は随分狭いね」

「そうそう、そうやって立てかけていく。最後は立てかけた丸太と天井との間に、木材をならべる」


「くたびれた。窯の中の作業が思っていた以上にきついので参ったよ」

「これから窯の入り口を塞ぎ、一部穴を開けて窯焚口をつくるんだ。それから焚口に火をつけて、二〜三日かけて窯の温度を上げる。窯の後ろにある煙突から出る煙を見ながら通気口を開け閉めして、木材の炭化を進めるんだ。煙の色や匂いを見て炭化の進み具合を確認し、通気口と煙突を塞ぎ、窯が冷えるのを待つ。冷えた頃を見計らっていよいよ窯出しだ。窯が冷えるのを待つと言ったが、待ちすぎるとせっかくの炭が灰になってしまう。だから窯出しの時は、長い棒の先にかぎ状の金具をつけたかき出し棒で炭を窯からかき出す。この時はまだ炭は高温で赤く燃え、危険なんだ。赤く燃える炭の燃焼が進まないように灰や砂をかける。そして冷えるのを待つ。大雑把に言うとこれがここの炭焼きの全工程になる」

「本当に大変なんだな。それだけして収入はどれくらいになるのか？」

「炭焼きだけではとても食えない。また寒い季節だけの作業になるから、植林や山の手入れなどの手間賃、農作業で収入を得ている」


一方サモアはタタラ場の準備作業を見学していた。サモアは以前、村下の淳造にタタラ吹きの簡単な説明を聞いていたが、実際にその作業を目にすることができるとあって、興奮していた。そして淳造の側から離れなかった。

タタラはこの榎村で一番大きく頑丈なつくりの高殿の中で行われる。その作業全体はサモアにとって今までに見たことのないもので、興味がつきなかった。

今回のタタラ吹きは淳造以下、十二人の作業員が当たる。平均年齢は六十歳を超えるベテランばかりだ。

村下の淳造の先導の下、火の神に参り安全と良質の鋼が取れることを祈ることから始まった。まず第一にする作業は、タタラ炉を築くことだ。タタラ炉は砂と赤土を水で混ぜたもので築く。最初に炉の下面に真砂土と粘土を水で練ったものを敷き詰め、炉床を作る。炉床の大きさは縦三メートル、横一メートルほど。敷き詰め終わると炉床の上に炭を置き火をつけ、炉床の水気を抜く。この作業も実に独特なやり方だ。作業員が長い棒を持ち、炭の上に叩きつける。当然燃えている炭が飛び散る。焼き固められた炉床の上に、下から粘土の塊を積み上げて炉の壁面を作る。作り上げる過程で炉の壁に左右二十箇所の穴を作る、通風孔だ。通風孔の先には鞴(ふいご)をしつらえる。通気孔の上に炉の中を覗き見るための穴も作る。炉の厚さは下ほど厚い。丁度V字形に積み上げられ、高さが一・二メートルほどになれば炉は完成する。

完成した炉の中と周囲に炭を積み、火をつけて乾燥させる。この作業はすべて人手で行われる。この一連の作業は村下の淳造の指示で行われる。

ここまでの説明を聞いてサモアは疑問を感じた。

「全部人手で行うのですか？　もっと機械を利用する方法はないのですか？」

「機械を使って効率を上げることは可能でしょう。でも、炉の中の状況は長い経験がないと分からない。その経験の中にもタタラ炉の作り方も含まれているのです。私たちは頭が固いのでしょうな」村下の淳造が苦笑いしながら言った。

「説明しただけではなかなか理解しにくいだろうから、実際の作業を見てくれ。だけど、作業そのものは一切手を出してはならない。大変危険な作業だから、指示に従ってくれ」

「分かりました」


淳造の指示のもと、タタラ吹きが始まった。まだ燃えている炭の上にさらに炭を投入する。炭は均等になるよう投入しなければならない。次いで砂鉄を入れるのだが、これも均等になるよう撒き入れる。砂鉄約四キロをスコップを大きくした手漉きで撒くように炉の中に入れる。一箇所に固まって入れてはならない。次いで炭の投入だ。

砂鉄とほぼ同量をやはり撒くように入れる。この間、村下の淳造は炉の上面から出る炎を見つめる。炎の色が悪ければ、鞴から送られる空気が足りないのかもしれない。炭が均等に撒かれていないのかもしれない。村下は瞬時に判断して作業員に指示を出す。この砂鉄と炭の投入は三十分間隔で繰り返される。

炉の中の温度は約一五〇〇度。高温の炎の下で、鉄が還元され、不純物が除去され、溶けて炉の下におりてくる。砂鉄の不純物と炉の壁の粘土が反応して、炉の下に流れ落ちる。これがノロだ。ノロがたまりすぎると炉の下部に開けた通気孔を塞ぎ、燃焼が悪くなり、炉の温度が下がる。これも炉の上面から出る炎の色と、炉の壁面に開けた覗き穴で確認する。ノロがたまらないように炉の下部に開けた穴からノロをかき出す。これも手作業だ。ノロも真っ赤になって熱を吐き出す。危険な作業だ。

作業員は藍染めの作務衣を着ている。作務衣は通常のものより分厚い。その作務衣のあちこちがこげて、穴もあいている。作業中に飛び散った炭に焼かれたものだ。

三日三晩の作業が無事に終わり、いよいよ鉧の取り出しだ。まだ高熱を保つタタラ炉を、大きなかぎ状の金具がついたかき出し棒で、炉の上部から炉の壁を引っ張り崩す。まだ炭は燃えていて火花が散る、危険な作業が待っている。崩したあと、炉の下に横たわっている高熱を帯びた塊を引っ張り出す。これが鉧だ。約二・五トンの鉧の熱を冷まし、適当な大きさに砕く。砕かれた塊が玉鋼だ。

表と裏の村下を筆頭に、作業員全員が見守る中、取り出された玉鋼の出来具合を見守っている。表村下の淳造が満足な表情を浮かべ頷いた。作業員全員が満足げに拍手をして、壁に背をあずけている。疲労の極限を経験した者だけが味わえる達成感に浸っていた。

榎村の公民館に、タタラ吹きに携わった者全員が集まった。一旦宿舎に帰り、風呂を浴び、伸びた髭をあたり、みんなすがすがしい顔をしている。その中に文化庁から派遣された審議官の健太郎(けんたろう)もいた。

全員が集まったところで表村下の淳造がとつとつと話し出した。

「洪水があって、タタラ炉が崩れた時、もうこれで終わりだと思った。しかし、各地から集まってきたボランティアの方々、地元の若い力に励まされ、我々年寄りも頑張った。そして今日、復興の証として、タタラ吹きができた。得られた玉鋼の品質はこれまでにないほど立派なものだった。これもひとえに、作業に当たった作業員すべての働きによります。大変嬉しく、お礼申し上げます。ささやかですが、村の名産品で作ったご馳走と、これまた村で代々醸(かも)してきた秘蔵の酒も用意してあります。心置きなく飲み、食い、喜びましょう」

文化庁の審議官の健太郎が立ち上がって発言した。

「みなさん、嬉しいニュースがあります。文化庁ではタタラ製鉄を無形文化財と認定することになりました。先ほど、文化庁に問い合わせて確認しました。また、村下の淳造さんは人間国宝に指名され、来年の秋の文化の日に承認されるとのことです。おめでとうございます」

大きな拍手が起きた。美酒を飲み、ご馳走を食べ、三々五々年齢の近い者同士が固まって盛り上がっていた。

若手グループの中に、蘭と玉藻が混じっていた。場違いな二人だが、洪水のあとボランティア活動していたところから、タタラ吹きが復活すると聞き、呼ばれもしていないが、二人してやってきたのだ。

榎村の青年団と一緒になって、瓦礫を片付け、避難所では小学生を相手に遊び、勉強を見てきた。その姿が青年団の目に好ましく写り、タタラ吹き後の宴会に突然参加したことを、誰もとがめなかった。宴会には青年団の団長の俊介の姿もあった。

「すごいな！　淳造ジジが人間国宝だって。これからは淳造ジジなどと気楽に声かけられないいな」と、俊介が高揚して言う。

「そうだそうだ。タタラ製鉄が無形文化財として認められたのも、本当に嬉しいな」

村下見習いの青年が声を上げて喜ぶ。

そんな中、谷次だけは浮かない顔をしていた。

「どうした？　谷次、なんか不満でもあるのか？」俊介が声をかけた。

「不安なんだ。無形文化財って言ったって、所詮滅び行く文化じゃないかって」

自分の考えを率直に語ったあと続ける。

「それに、この間の洪水も、気候温暖化の影響だといわれている。タタラ吹きでは炭を大量に使う。俺は炭焼きだ。俺のやってることは温暖化に手を貸しているんじゃないかって。炭焼きも滅び行く生業(なりわい)だ。みんなには悪いが、俺は不安でならないんだ。今回のタタラ吹きでどれくらい炭酸ガスを発生させたんだろう？　すっきりしないんだ」

「考えすぎだよ」

「どれくらい炭酸ガスを出したか、計算できるよ。タタラ吹きでどれくらい炭を使うの？」蘭が口を挟んだ。

「約十二トンだ」

「木炭の炭素含有量が約九十パーセントとすると、燃焼させた炭素は約十一トン。炭素の原子量は12、酸素は16。炭酸ガスはＣＯ$_2$だから44になり、約三・七倍相当になる。一回のタタラ吹きで十一トンの炭素の約三・七倍の約四十トンの炭酸ガスを発生させることになるわ」

「蘭、すごいな。それで四十トンは多いのかな」谷次が言う。

「タタラ吹きは年間四回くらいでしょ。ということは年間約百六十トンになるね。これをほかの経済活動と比べてみましょう。例えば物流、トラック輸送ではどうなるか？　十トントラックが一日に約六百キロ走っているとして、これでどれくらい炭酸ガスを出していると仮定して計算できるよ」

「計算してみてくれ」

「大雑把な計算になるけど、トラックの平均燃費は一リットル当たり四キロ。軽油の比重と、軽油の中の炭素濃度から軽油一リットル当たりの炭素は七百グラムくらいになる。そして一日当たりの軽油使用量を三・七倍すると、一日当たり三百八十八キロになる。トラックの年間稼動日数を二百五十日とすれば、トラック一台当たり年間の炭酸ガス排出量は約九十七トンになる。大雑把な計算だけど、多分そう間違っていないと思う。そして、この国のトラック保有台数は約千三百万台。九十七トンをかけると約十二億六千万トン。タタラ製鉄の百六十トンなど誤差のうちになるわ。石炭発電所ではどうだろう。それこそ天文学的数字になるはず。まだまだあるよ。航空機はどうだろう。それも軍用機はどうだろう。データが公表されていないから計算しようがない。戦闘機は燃費などお構いなしで高出力を求める」

「蘭、ありがとう。だいぶ気が楽になったよ」谷次が明るい声で答えた。

「あのね、私、何かで読んだことがあるんだけど、炭の効用についてだけど」

玉藻が話し出す。

「炭は単に燃料としてだけでなく、水や空気の浄化に役立っている。カーボンナノチューブなどの新素材に必要だし。土壌改良の材料としても有用だって聞いたわ。燃料効率の面でも、木材をそのまま燃やすより、効率的に熱を得られ、煙も出さない。

いいことがいっぱいあるよ」

「嬉しいな。いいことを聞いた。ありがとう」

谷次の顔に笑顔が戻った。

第6章　ダンとサモアの故郷

タタラ吹きが成功したことの祝賀会に参加してから五日後、蘭、玉藻、サモア、ダンの四人が学生会館の食堂に集まっていた。島本県の洪水被害と瓦礫撤去などボランティア活動の経験や、和国が古より伝承してきたタタラ吹きの見学を通じてみんな何を感じたか話し合おうと、やはり蘭の発案で集まったのであった。

「ボランティア活動をしている時に一番感動したことは、被災者が実に秩序を保っていたことです。被災者が暴徒にならないということは聞いていたが、美談すぎて怪しいものだと思っていたが、完全にその考えは否定されたよ」ダンが感に堪えぬ様子で話し出した。

「それは僕も感じた。それと子供たちが進んで後片付けや、救援物資の運搬作業に参加している姿に、心を打たれたよ」サモアが付け加えた。

「なぜ和国人はこんなに冷静でいられるのだろう」ダンがさらにつぶやく。

「和国人の文化程度、教育水準、いろんな説があるわ」玉藻が答える。

「だけど、それだけではないと思う。和国でも、非常時には暴動があったことも史実として残っているわ。それから三十年前の大地震の際には、倒壊した建物に入って泥棒をする人間もいたと報じられている」蘭が続ける。

「それに、道路や鉄道などのインフラが整備されていることも、人々に安心感を持たせる要因だと思う。今、家が壊れ、食料がないなど不便はあるが、一〜二日したら救援物資が届くと信じられれば、落ち着いて行動できると思う。これが、いつになったら助けの手が来るか分からなければ、やけを起こすことも普通のことだと思うわ」

さらに蘭が加えた。

「そうだね、国民性や精神面だけを強調してもだめなんだな。わが国はまだ社会基盤が脆弱だ。僕は鉱山学を専攻しようと思っていたが、インフラ整備の重要性に気付いたので、その解決のために専攻を土木に変えたんだ」ダンがつぶやいた。

「鉱山学をやろうと思ったのはなぜなの？」玉藻が問う。

「コンゴはいろんな鉱物資源に富んでいるんだよ。だけど天然資源に頼ってばっかりいたら、その資源が枯渇した時に何も残らないようじゃ、植民地経済と変わらないと気付いたんだよ」

「ところで、タタラ製鉄を見てどう思った？」玉藻が水を向けた。

「タタラ製鉄も印象的だったな。だけど僕にとっては炭焼きのほうが参考になったな。コンゴも田舎に行けば森林がある。人々は枯れ木を集め、炊事をしている。単純に木を燃やすより、一旦炭にしてそれを利用すれば、煙も出ず、清潔な生活ができると思う」

「僕はね、タタラ吹きの職人や炭焼きの人を尊敬している人々の姿が印象的だった。またその職人たちも自分のやっていることに誇りを持っている。人間国宝の制度も素晴らしいと思う」サモアが話した。

「物づくりに携わる人を尊敬する風潮はとてもいいことだと思うわ。和国も一時は法学部出身者が政府の主要ポストを独占した時期もあったけど、今は技術者がいろいろな場所で求められているの。いい傾向だと思う。私も技術系に進みたい。その結果、専攻は環境学にしたの」蘭が言った。


「ねえ、和国の感想はいいけど、貴方たちの国はどんなところなの。はずかしいけど私は何にも知らないの」玉藻が話題を変えた。

「その質問に答えるのは少し難しいな。和国の人の多くは、アフリカについて知らないことが多いだろうね。そして残念ながら誤解もいっぱいある」ダンが話し出した。

「僕はコンゴから来たと言ったけど、みんなはコンゴという国が二つあるのを知っているかい？」

「まったく知らない」蘭も玉藻もサモアも口をそろえた。

「コンゴ共和国と、コンゴ民主共和国の二つだ。僕はコンゴ共和国だよ。コンゴ共和国の面積は和国とほぼ同じだよ。コンゴ民主共和国は和国の約七倍の面積の大国だ。なぜ二つの国が生まれたか、そこには悲しい歴史がある。

十五世紀の頃はコンゴ王国があった。そこへ欧州からフランス、ベルギーなどがやってきて植民地とした。コンゴの人々は部族ごとに分かれて仲が悪く、協力して抵抗することができなかった。コンゴ共和国はフランスの植民地に、コンゴ民主共和国はベルギーの植民地になった。第二次世界大戦が終わって、長い戦乱の悲劇を経て、ようやく一九六〇年に両国とも独立した。独立はしたものの部族間の争いは絶えなかった。クーデターや暗殺が横行したんだよ。部族間の虐殺もあった」

「知らなかったな。なぜ部族同士の争いがなくならなかったんだい？」サモアが訊ねる。

「大きな要因の一つは、フランスやベルギーが部族間の争いをあおるような分断政策を採ったからだと思う。それにまんまと乗せられたコンゴ人にも問題はあるけどね」

「僕が留学先を和国に決めた時、『なぜヨーロッパの大学に行かないのか？』と聞かれたことがある。でも植民地時代の歴史を考えると、ヨーロッパには行きたくなかった」

「そう……宗主国を簡単には許せないのね」と玉藻。

「許すことはできる。イエスは許しを求めたから。だけど、ヨーロッパを簡単に信じることができないんだ」

「そうなんですね。私たちにはなかなか想像もつかない歴史があったのですね……」

と玉藻。


「それ以外に特徴的なことはある？」と蘭。

「まず、言葉だよ。まず部族ごとに固有の言葉があるんだ。僕も当然村に帰れば部族の言葉を話す。それ以外に、アフリカの各部族の共通言語があるんだ。スワヒリ語だよ。また、旧宗主国のフランス語が政治やビジネスの場面で使われる。さらに、英語、これは世界に出る場合の機軸言語だね。だから、僕は部族語、スワヒリ語、フランス語、英語、それにここ和国語、合計五ヶ国語を話せるんだよ」

「わお！　五ヶ国語も。私は和国語でも古い言葉になれば怪しいものよ。尊敬しちゃうな」玉藻が目を丸くして話した。

「お国自慢は？」と蘭が水を向ける。

「大自然だ。僕の家は海から車で一日ほど内陸部にある。遠く北に目をやれば万年雪を頂いた山がある。そこから川が流れ草原が広がっている。人々はその草原の一部を農地にして、小麦や野菜果物を作って生計を立てている。人口密度が低いから動物たちものびのびしている。川にはカバ、魚、鳥が集まる。時々ライオンなど肉食獣も来るよ。それから、比較的乾燥しているから空が青い。そして夜は星。素晴らしいところだよ」

「気候はどうなの？　やはり暑いの？」と蘭。

「日本とほぼ同じ大きさだから、地方によって気候は異なるよ。でも、首都では気温は年間平均して二十五度程度なんだ。年間変化は大きくないんだ。これも、みなさん驚かれるね。アフリカはとにかく暑いって思い込んでる人が多い」

「それじゃ和国の夏の暑さは堪えたでしょう?」

「慣れるのに大変だった。特に湿度が高いのには参ったよ」


「知らないことばかりだわ。サモア、トンガはどんな国なの?」蘭が質問した。

「トンガは本当に小さな国なんだ。百七十一の小さな島で構成されていて、人が住めるのはそのうち四十五ほどなんだ。面積は七百二十平方キロ、和国の三十分の一に満たない。人口は十万人強。本当に小さい国だろう。でも美しい温暖な国だよ。草原はないが大海原はある。人は海によって生かされている。空はダンのコンゴと同じで、昼間は青空、夜は満点の星」

「どんな歴史があるの?」と蘭がさらに尋ねた。

「約二千五百年前頃に、大陸から船で渡ってきた者たちの子孫が、島々に居住して、トンガ人としての民族的アイデンティティ、言語、文化を発展させたと伝えられている。南太平洋の各地の島々を治め、トンガ帝国を築いた。十七世紀になりヨーロッパからの進出があって、トンガ帝国は滅び、一九〇〇年からはイギリスの保護国になった。一九七〇年に保護国から脱し、立憲君主制を採用している。一九九九年には国際連合にも加盟した。トンガは植民地競争の時代にあっても、トンガ人による統治を失うことはなかったんだよ。それがトンガ人の誇りになっている」とサモアが話した。

「素晴らしいね。イギリスの保護国になったとはいえ、一度も植民地になっていない。僕らから見れば、それはとても素晴らしいことに思えるよ」ダンが話した。

「そう言えば、和国も一度も植民地にならなかったね。なぜだろう？」サモアが続いた。

「いろんな要素があったと思うわ。一つはヨーロッパから遠かったこと。島国だったこと」玉藻が言う。

「そして教育。和国の庶民の識字率は非常に高かったのよ」蘭が強調した。

「素晴らしいね。留学先として和国を選んだのは大正解だったな」ダンがつぶやいた。

「ねえ、サモア、貴方の国が地上の楽園のように感じるんだけど、何か困ったことはないの？」玉藻が疑問を口にする。

「国が小さいことだな。食料の自給も難しい。小さいがゆえに国際的な影響力が弱い。篠崎教授が講義の中で言ったように、海水温の上昇で大変なことになっている。しかし、国際的な影響力が弱いから、先進工業国の人々の注目を集められない。それが一番の悩みだな」

「私はサモアの言うことを充分理解できたよ。でも、影響力が弱くても発言し続けなくてはならないわ」蘭が強調した。

「そうだね。聞いてもらえて嬉しいよ」


「随分話し込んだね。来週はハイキングでも行かない？」玉藻が提案する。

「僕やダン以外の留学生も誘おうよ。どこに行くか計画は蘭がまとめてください。こういうことは蘭が得意でしょう」とサモア。

「分かった。任せて。どんな所がいいの？」と蘭。

「歴史的な場所がいいな。お寺があって、綺麗な庭がある。そして、歴史上のいろんな事件があったところなんかがいいな。トンガはそういった長い歴史が乏しいからね」

とサモア。

「そして、美味しい食べ物」ダンが付け加えた。

第7章　サモアとダンの帰郷

蘭と玉藻は、榎村のタタラ製鉄に触れ、タタラ製鉄に携わる若者たちとの交流に満足して、キャンパスに帰って来た。キャンパスにはあの篠崎教授はもういない。それがとても不満足だった。だが、二人は講義とは別にグループを作り、環境学の研鑽に励んでいる。グループは少人数だった。蘭と玉藻、それに留学生のサモア、その友人のダンなどだ。

いつものように、正門前の喫茶店で話し込んでいた。

若い男女が集まれば話題は楽しいもので、時間が経つのはあっという間だった。

突然、サモアが浮かない顔をして話し出した。

「来週帰国します」

「どうして急に？　何かあったの？」蘭が訪ねた。

「家の前の芝生広場が波をかぶっていることは話したね。今は時々波をかぶる程度ではなくなってきている。満潮時には完全に海の下になっている。塩害で芝は全滅した。ベランダは波に洗われている。家が高波に襲われる恐怖が現実のものとなっている。実は父親から帰ってこいと言われた」

「そう……、そんなことになっているの」と蘭。

「僕は建築学を学んでいるから、どうしたらいいか考えてみる」

「卒業まで待てないのね」

「そうです。とにかく心配なのです。父親も弱気になっているし」

大京国際空港出発ロビー。

蘭、玉藻、ダンが、サモアを見送りに来ていた。サモアは見送りはいらないと言っていたが、蘭たちはどうしても見送りたいと、サモアに内緒で来ていた。

サモアが出発ゲート前にやってきて、蘭たちを見つけ、顔をほころばせた。

「やあ、やっぱり来てくれたんですね。別れが辛いから来ないでって頼んだのに」

「そうはいかないよ。先週の送別会だけで済ましては、僕たちの気持ちがすっきりしないからね」ダンが代表するように言った。

「送別会でも言ったけど、君たちに会えたことが、今度の留学で一番の収穫だったよ。いろいろなことをしたね。勉強だけでなく、お花見やハイキング、どれも僕にとって宝物だよ。本当にありがとう。もう行くね」サモアが出発ゲートに向かうと、

「ちょっと待って」と蘭が思わず声をかけ、サモアの前に行く。蘭はなぜそうしたか分からなかった。

「あのね、私……」口ごもる。

「私、あんな蘭初めて見るわ」玉藻がつぶやく。

「ちょっと、知らん顔しておこう」ダンが言った。

「どうしたの蘭？」

「私ね、多分、貴方のことが好きだったんじゃないかって思うの、今頃になって。別れるのが辛い」

「僕も辛いよ。だけどこの別れですべて終わりではないと思う」

「卒業して仕事にも慣れたら、貴方の国に行くわ。それまで元気でね」

「待っているよ」

蘭はいきなりサモアの胸に飛び込み嗚咽した。

サモアは蘭を起こし、軽く抱きしめ腕を伸ばし蘭を見つめる。

「蘭、必ず来てね。待っているから。もう行くよ」

サモアは出発ゲートに消えた。


サモアが国に帰ってから一週間、サモアから手紙が来た。

「こんにちは。蘭、元気ですか？　トンガ空港に着いた時に、父のラトゥが迎えに来ていた。三年ぶりの再会だよ。ラトゥはくたびれた顔をしていた。多分、家が波をかぶってから、家族を避難させたり、食料を確保したり、村人をまとめたりと活動した疲れだと思う。それでも息子の僕の姿を見て、安心した顔を見せてくれた。やることはいっぱいある。また手紙を出すね」

サモアの手紙の第一報はこうつづられていた。

「家の状況を説明するよ。ベランダの下まで海水が押し寄せている。かろうじて床上まで水は来ていない。寝泊まりはできる。隣近所の家も同じ状態だ。水道は止まっている。ガスも止まったままだよ。こんな状態でどうやって暮らしているか想像できるかい。電気はかろうじて通っている。だからテレビを見ることはできる。この家をこれ以上まともな状態にすることは不可能のようだ。村の全員の意思で、背後の小高い丘に新しい町を作ろうと決めた。建築学を学んだ僕の出番だよ。僕は高校時代ラグビチームでスタンドオフをしていた。スタンドオフはチームの司令塔なのだよ。だから年は若いがこの新しい計画の司令塔として働いているんだよ。とにかく忙しいよ。でも建築学を学んでよかったと思う。蘭、元気でね」

「この写真は新しい町の様子だよ。まだ家は建っていない。まずは上下水道の設置、道路の設置等から始める。僕の修めた建築学はまだ出番ではないんだ。ダンが修めた土木の出番さ。でも何とか見よう見まねで図面を書いたり、重機を運転したりと、自分でもよくやっていると思う。ダンといえば彼はどうしている？　谷次や玉藻も元気だろうね。よろしく伝えて」

「今日はお祭りだよ。随分楽しそうだろう。新しい町も完成して、浜の古い町から引越しを済ませたんだ。新しい町を建設してから丁度六ヶ月。随分早いだろう。僕たちも頑張ったけど、町の人々の協力があったからなんだ。あとは学校を建てる予定だ。よそから見たら順調そのものに思えるだろう。だけど本当は苦労の連続さ。一番の問題は建築資材の調達だよ。島国だから大きな工場はない。材木は近所の山から木材の切り出しからやるんだ。僕も樵生活をしたよ。きつい仕事だったな。樵といえば榎村の炭焼きの谷次には、いろいろ教えてもらったな」

ダンの帰郷。

ダンは無事予定の全科目を修め卒業した。卒業と同時に故郷のコンゴ共和国へ帰った。コンゴ共和国ではさっそく建設省の役人になり、南西部の港と北部山岳地帯を結ぶ鉄道建設に従事した。この鉄道建設はすでに三年の歳月を費やしていた。計画が遅々として思うように進まなかったのは技術者不足で、土木を修めたダンは貴重な戦力だった。

ダンから玉藻に手紙がきた。

「玉藻、元気かい？　僕は元気だよ。仕事はきついが順調だ。港から北部の山岳地帯までの鉄道がやっと完成した。同封の写真は新しい鉄道を走る列車だよ。周りは前にも言ったとおり、広大な草原だよ。この鉄道は主に北部山岳地帯の鉱山から、銅、銀、金、ニッケルなどの鉱石を運ぶためのものだけど、それ以上に人の移動が容易になったことが大きな成果だね。道路整備は次の仕事で、これもこの国の基盤を作るうえで重要なんだ。この重要な仕事に従事できることを誇りに思うよ。

でも心配事がある。人の移動が容易になり活発になったことで、何か失われたものがあるのではないかとの恐れだよ。人々は山の苦しい生活から逃れて都会に出てくる。だけど、充分な教育を受けていない者が多い。充分な教育を受けていない人は、仕事を得るのも不利な条件になる。貧富の差が拡大しているような気がするよ。

僕の専門領域ではないけど、これを解決しないと、コンゴ共和国は和国のようになれないなと感じるんだ。いろいろやるべきことは多いけれど、次は教育の充実が挙げられるね。教育の充実で一番重要なのは、優秀な先生の確保だと思う。今日はここまで、また手紙出すね」

玉藻からダンへ。

「ダン、元気そうで安心しました。目標に向かって突き進んでいる姿が目に浮かびます。貴方が指摘したように、教育が重要な社会基盤だということはまったくそのとおりだと思います。私も何か手伝えることがあればと思いますがよい案は浮かびません。

私の近況を言うね。今、私は看護学校に通っています。この秋の試験に通れば看護師資格が得られます。和国はほかのどの国よりも高齢化が進んでいて、高齢者の健康維持が大きな課題になっています。ひとり住まいの高齢者が多くなっています。高齢者を受け入れ、生活する高齢者施設が増えました。私は昔からおじいさんやおばあさんが好きで、できたら看護師の資格を生かしたいと思っています。ダン、貴方ほどではないけど、私も頑張っていますよ」

「玉藻、手紙ありがとう。ここコンゴは雨季から乾季に向かい、空は青々と広がり、草原は小麦色に染まっているよ。畑の小麦の収穫も真っ盛りだ。大きなコンバインが草原を走り、小麦を刈り取っていく。実に壮大な景色だ。玉藻に見せてあげたいな。じゃ、またね」

「ダン、元気でしょうね。国家試験に無事合格して、今は看護師資格を得ました。この資格を生かす仕事として、高齢者施設で看護師として働いています。入居者の中に素敵なおばあさんがいるのよ。そして、そのおばあさんのパートナーも素敵よ。

おばあさんは難病にかかっていて、障碍が進んでいるの。大脳から来る運動神経が侵され、言語障碍、身体障碍、認知障碍が進んでいるのよ。でもいつもニコニコして可愛いおばあさん。パートナーはだいたい二日おきに面会に来て、三十分ほど会話をしているの。『どんなお話をしているのですか?』って聞いたら、『昔出した手紙がいっぱいあって、それを音読しています』と答えたわ。本当に仲がいい二人です。『いいご主人ですね』って言ったら、『とんでもない。悪い夫でした。浮気がばれたこともあったし』ですって。
ダン、貴方に無性に会いたいな。元気でね」

第８章　異常気象

季節は十二月。ここ南太平洋の島国に巨大サイクロンが襲い掛かっている。真っ黒な雲が島の上に居座っている。海は荒れ狂い、風に吹き寄せられた波は、浜の住宅を飲み込みそうだった。島の住民は浜の家を捨て、丘の上に出来た新しい町に避難していた。これから襲ってくるサイクロンは最近にない大型と予想されていた。中心の気圧は九〇〇ヘクトパスカル、これだけ気圧が低いと、海水面が吸い上げられ、強風による波の襲来に重なり、浜辺は高波に襲われる。浜辺にいることは死を意味していた。

風は最大風速五十六メートル／秒、椰子の木はなぎ倒され、丘の上の新しい町の家も無事ではなかった。屋根は吹き飛ばされ、壁が倒される。住民はきつく抱き合い、風が過ぎ去るのを待つしかなかった。

夜が明けた。人々はおそるおそる家から抜け出し、町の様子を見た。新しく建てられた家はほぼすべて被害をうけていた。かろうじて丘の上に建てた新しい学校だけが無傷で残っていた。被災した住民はその学校の校舎や、体育館に避難した。テレビクルーが町に入り、様子を報道していた。

ここ和国の大京市のキャンパスにも、サイクロンの爪あとが報じられた。蘭はすぐに行動に移した。トンガ王国行きの航空券を手配し、サモアのもとに飛んだ。

蘭はトンガに着くと、すぐさまサモアが作った丘の上の町に向かった。テレビで見るより町の状況は荒れている。何よりもそこに住む人々の表情がよくない。人々は町の有様を見て打ちひしがれていた。茫然自失とはこういう状態だろう。この惨状はサモアが住む町にとどまらない。島のあちこちで見られる光景だった。うなだれている人々の中に、サモアがいた。あのサモアが背中を丸め、蹲（うずくま）り泣いている。

蘭はサモアを見つけ駆け寄った。

「サモア、何しているの？　さあ、立ち上がって！」蘭が叫んだ。

サモアは声の主を見上げた。

「蘭！　蘭！　なぜここに？」

「サモアが情けない姿をしているから、ひっぱたいてやろうと、飛んで来た。さあ、立ち上がって、サモア。貴方はスタンドオフだったんでしょ。司令塔でしょう。立って！」

「無理だよ。僕は疲れた」

「そう。サモア、そこで休んでなさい」

蘭はそう言うなり、身の回りにある瓦礫を取り除きにかかった。

「蘭、無駄だよ」

蘭はもうサモアを見ていなかった。目の前に瓦礫は山のようにある。蘭は、素手で瓦礫の山に向かった。それを見ていた十五、六歳くらいの少年たちが蘭の手伝いを始めた。

二時間ほど経っただろうか。家一軒分の空き地が出来た。瓦礫の中から太い柱を持ち出し、真ん中に積んでいく。火がつけられた。赤々と燃える火を見つめ、少年たちが手拍子を打ち歌い出した。島の子供たちはみんな陽気だ。歌声は徐々に大きくなり、壊れた家の中から少女が出てくる。少女たちも歌い出した。つられて家の奥から大人たちも出てきて合唱に加わった。西の空に夕焼けが出ている。やがて夕焼けも姿を消し、南十字星が現れた。

サモアがのろのろと瓦礫の陰から出てきた。

「蘭、ありがとう」

「なにが？」

「蘭のおかげで僕が何をすべきかが分かったよ。もう泣き言は言わない」

「だめ。泣きたい時は泣けばいい。涙がかれたらまた上を見る。空を見る。どう見える？　空に何がある？」

「南十字星だ」

「それだけ？」

「いや。希望もある」

「もう、サモアも大丈夫そうね。今日は遅いから眠りましょう。そして、また子供たちと一緒に瓦礫を片付け、家を建て、もう一度新しい町を作るのよ」

「そのとおりだ。蘭は本当にすごいな」

「そうでしょう。私みたいに気が強くて、何でも成果を挙げる女を何て言うか知っている？」

「知らないな」

「男四人分の働きをするということで〝ハチキン〟って言うの。あまり品のいい言葉でないのでそう呼ばれることを嫌う女性もいるけど、私は気にしない」

「そう、よく分からないけど、蘭にはぴったりな気がするな。それで蘭、いったいいつまでトンガにいるんだい？」

「この丘に、新しい町が出来るまで」

「一年以上かかるよ。学校は大丈夫なの？」

「大丈夫。私の専攻は環境学。今回のサイクロンがどうやって発生し、どうやって大型に成長し、どんな被害をもたらしたか？　卒論のテーマにぴったりだと思う。サモアはサモアで前のようにみんなの先頭に立って頑張って欲しい。もし仕事が上手くいかず、苦しくなったら私のところにおいで。苦しく悲しくなったら男でも泣いていいんだよ」

「分かった」


サモアは気丈にみんなを励まし、復興に着手していたが、心の中では無力感にさいなまれていた。この島国では、ここだけでなくサモアが手がけた新しい町がいくつかある。その町はどうなっているだろう。

島のあちこちでこの町と同様だった。多くの浜にあった村が波にさらわれた。水死者もでた。

また、みんなで力を合わせて、家を作り、学校を建て、復興するしかない。島国ゆえ物資は少ない。一生懸命復興事業をやっても、先に建設した町より丈夫な町は出来るだろうか。仮に出来ても、また大型のサイクロンが来たら元の木阿弥ではないか。国王が町々をめぐり人々を励ましている。サモアはそれを見ながら、やはり気持ちは晴れない。

一年が経過した。サモアの陣頭指揮で、新たに町が出来た。

新しい町を見て蘭は帰国する。

トンガ空港に見送りに来たサモアが言う。

「蘭、本当にありがとう。サイクロンが町を襲った直後は、僕は完全に負け犬になっていた。そんな姿を見て蘭は思い切って僕をひっぱたき、気持ちを再び前向きにさせてくれた。本当にありがとう」

「サモア、お礼を言う相手を間違えているよ。私が瓦礫を片付けようとした時に、一緒に片付けをした子供たちにお礼を言わなくっちゃ。あの子たちの明るさが、サモアを、そして島の大人たちを勇気付けたんだよ」

「本当にそうだね。またサイクロンがやってきても何とかやれそうな気がするよ。お別れだね。元気でね」

「サモアも元気でね。機会を作ってまた会いにくるから」

「待っているよ」


ダンの国コンゴ共和国も災害に見舞われていた。山火事の発生だ。今年の夏は非常に暑かった。秋になっても気温は下がらない。乾季になり雨は降らず、大地がからからに乾いた。

密猟者の焚き火の不始末で、からからの草に火がつき、すぐさま隣接する林に火が移った。強風が吹き、風にあおられて草原が林が火の海になる。消失面積は十二万ヘクタール、和国最大の湖の約二倍の面積である。ダンをはじめ技術者が苦労して施設した鉄道も火から逃れることはできなかった。約二十万人の難民が生まれた。難民は徒歩で南西部の港と町に逃れてくる。難民キャンプが出来たが、もともとインフラ整備が遅れている所で、まず水の確保が極めて難しい。国連の援助でテントが二万棟分届けられた。

高温と、清潔な水不足から疫病の発生が心配される。心配はすぐに現実のものとなった。この悲惨な状況が連日全世界に報じられた。

和国の玉藻が勤める介護施設にも、テレビで惨状が報じられる。医療支援団体を派遣するとの報道があり、いてもたってもいられず、玉藻は看護師資格を有することから、医療支援団に応募した。あのお嬢さんの、玉藻城のお姫様の玉藻が、コンゴの大地に飛ぶ。玉藻を知っている友人は一様に驚いた。

玉藻はコンゴ共和国の空港に着き、医療支援団の一員として難民キャンプに向かった。個人的にはダンの消息が知れないことが心配だが、難民キャンプの仕事に打ち込んだ。

仕事は看護師としての仕事だけにとどまらない。手が空いた時は清潔な水の確保に向かった。二十リットルのポリタンクを持って、給水車を取り巻く住民の列に並ぶ。二十リットルの水は二十キロもある。二十キロのポリタンクを持って、五百メートル離れた医療支援団テントに運ぶことになる。一旦ポリタンクを足元に下ろして休んでいると、横から男の手が出てきて、タンクを持ち上げた。慌てて見ると、驚いたことに谷次の姿があった。

「谷次さん？　びっくりした。何で谷次さんがここにいるの？」

「歩きながら話そう。俺はダンに頼まれて炭焼き技術を伝えるために一ヶ月前からコンゴに来ていたんだ。そろそろ帰ろうかという時に山火事に襲われ、帰れなくなった。命からがらキャンプにたどり着いたんだよ。玉藻さんはどうしてここに？」

「報道を見て、ダンのことが心配で心配で。医療支援団員の募集があると聞いて応募したのよ。私は一応看護師だから」

「そうか。随分思い切ったことをやったんだね。まるで蘭みたい」

「それでダンはどこにいるの？」

「難民キャンプの中に自治組織をつくって、頑張っているよ。キャンプの中に簡易水道を作ったり、即席の学校を作ったり。よくあれだけのことができるなと感心する」

「彼のところに連れて行って、お願い」

「分かった。まず医療団まで帰って、医療チームの長に許可を得たら行こう」

「ダン、目をつぶって、よしと言ったら目を開けるんだよ。……よし！」と谷治が言った。

「わっ！ 玉藻がいる。びっくりした。なぜ玉藻が？」

「医療支援団のスタッフに応募したの。私は看護師だからすぐに採用された。ダン、心配したんだよ」

「ありがとう。医療支援団のスタッフとしてこんな遠方まで来てくれて、本当にありがとう」

するとと谷次が言う。

「ダン、そんな他人行儀なことを言って、もっと感情を出せよ。玉藻に会えて嬉しいだろう。素直に言えよ」

「玉藻。本当に会えて嬉しいよ。ありがとう」

玉藻は何も言えなかった。

異常気象は世界各地で発生した。

アフガニスタンでは苦心惨憺（さんたん）して作った灌漑用水路に水を供給するクナール川の水量が不安定になり、高温により急に氷河が溶け、川を氾濫させている。

パキスタンでは大河が決壊し、国土の三分の一が水没した。

シベリアでは永久凍土が溶け出し、メタンガスを吐き出している。メタンガスはCO_2の二十倍の温暖化効果を持つ。

オーストラリアでは大規模山火事が相次ぎ、焼け出されたコアラが火傷をおい、無残に死んでいる。

北極海の氷が溶けている。氷があれば太陽光を反射できるが、氷がないので、直接土が暖められている。北極グマが行き場を失い、やせてうろつきまわっている。

もう地球は取り返しのつかないところまできているのではないか？

人々の心に不安が募っている。

第9章　国際会議

この数年、世界各地での異常気象の被害が拡大の一途をたどっていた。世界の世論は異常気象、中でも地球温暖化が人類最大の危険要素となっていることを認めざるを得なかった。

例えば、世界最大の米の輸出国のインドが旱魃により、米の輸出規制を始めた。オレンジ輸出が世界最大のブラジルにも旱魃の影が忍び寄っている。お金さえ出せば食料は世界各地から調達できると、安易に考えていた国の指導者も不安を覚えだした。その典型が和国である。食料自給率が極端に低い和国は、従来のような政策は困難になっている。

各種調査が行われ、産業革命後のエネルギー消費の増大が、この問題を引き起こしていること、そしてその傾向が過去二十年間で顕著になっていることがはっきりした。

なぜ温暖化が進むのか、いろいろな説があるが、温室効果ガスの増大によるものとの認識が共通認識されるようになった。

このまま地球温暖化が進むと、様々な問題が発生する。

例えば、台風やハリケーンの発生頻度増、大型化。世界各地での山火事発生。蚊の生息域が高緯度に伸びることで、中高緯度地危機に感染症病の蔓延、海水面の上昇、それにより沿岸部大都市の水没、氷河の融解による洪水の発生、高温による旱魃、海水の酸性化、それに伴う魚類の死滅。

これらの影響は地球上のどこでも平均して起きるのではなく、現在、産業基盤の弱い国々で甚大な被害を与える。そのことから、富める国と貧しい国の間の差が広がり、国境紛争、戦争の危機が増大することが懸念された。

世界各地で、この人類共通の脅威に立ち向かおうとの機運が高まった。特に、各地の若者が声を大にして人類共通の脅威に対応しようと、各国の政府を突き上げ始めた。

その結果として、各国の政府も腰を上げざるを得なくなった。

ここ和国の首都大京市に、世界各国の首脳と経済・環境担当大臣が集結した。

会議は和国最大の議事堂で行われる。その様子は、衛星放送を使って各国に同時配信され、巨大スクリーンが設置された各国の首都で、多くの人が会議の推進状況を固唾を呑んで注視している。

会議は議長国である和国のフミオ首相の演説で開始された。

フミオ首相の演説は格調の高いものであった。

「今日、ここに世界各国の首脳にお集まりいただきました。地球温暖化は、数年前は懐疑的に見られていました。しかし、数年来の地球各地の異常気象を見れば、温暖化は間違いないものと各国共通認識されています。現在の地球温暖化の実態を見れば、温暖化の原因は二酸化炭素の大気中濃度が高くなったことです。私たちは二酸化炭素排出低減を実施せねばなりません。しかし、何が何でも二酸化炭素排出を減らせばよいとは言えません。お集まりの国はそれぞれ経済発展のレベルが異なります。一人当たりのＧＤＰの数値が低い国は経済成長を目指すでしょう。経済成長と二酸化炭素排出削減を両立させねばなりません。人類は地球に現れて以来、何度か絶滅の危機に遭遇しています。そしてそのつど新しい技術を生み出し、危機を乗り越えてきました。二酸化炭素排出削減を経済成長を犠牲にせずに成し遂げるために、新しい技術を開拓せねばなりません。私たちは、今まで追い求めてきた価値観を見直さねばなりません。新しい哲学が求められています。各国の首脳のみなさん、この困難な課題に対して、臆することなく、火の玉となって、取り組まねばなりません。困難な課題だからこそ、果敢に立ち向かっていかねばなりません。一緒にやりましょう」

首相の演説は大好評だった。

気候変動問題に全地球人が対処しなければならないことは、ほぼすべての国で共有されている。問題はどう対応するかだ。

気候変動問題を新しい技術開発、新しいビジネスチャンスと捉える人々がいる。一方、政治の舞台では、気候変動問題解決よりも自国の経済発展を重視する国が多数あった。一つは発展途上国で、もう一つはこの問題で経済的利益を得て、武力によらない覇権獲得を目指す、強国の思惑である。

現時点の二酸化炭素（CO_2）排出量は約三百二十億トンと見られている。最も排出量の大きいのは、昨今経済成長の著しい大漢国で、次いで超大国アメリゴ共和国、わが和国は第四位の排出量である。これを国民人口一人当たりの排出量で比較すると、一位はアメリゴ共和国の十二・八トン、最大の排出国の大漢国は七・二トンで、アメリゴ共和国の約五一パーセントとなる。和国は七・九トンでこれも第四位である。貧しい国の多いアフリカ諸国の平均は〇・八九トンでアメリゴ共和国の約二十分の一に相当する。

これだけ排出量の差の大きい状況の中で、各国一律の削減ノルマを課することは現実的でなく、現時点での各国の合意は、各国それぞれが目標をたて削減活動を実施すること、毎年削減結果を報告し、目標の見直しを行うことに落ち着いている。

実は、あまり語られていないが、より深刻な問題がある。各国が掲げた目標を期限内に実現したとしても、世界の気温は今より三・二度上昇してしまうとの試算がある。国際政治の妥協の産物とは言いながら、今の目標では温暖化を止められないのだ。地球温暖化を心配する人々にとっては、とても見逃すことはできない。時間がどんどん失われているからだ。

国際会議の常だが、各国の政治情勢は複雑で、それぞれ現政権は政権の継続を本音では第一としているため、会議はどうしても空疎なものになっている。危機はすぐそこに来ているにもかかわらずである。自国の経済成長の足かせとなることは避けたい。そのため、新しい目標を掲げることに躊躇する国が多かった。先進国、発展途上国ともに会議の新しい成果を見出すことができず、会議疲れが色濃く醸し出されていた。

大国の陰に陽に後ろ向きな姿勢が目立ち、現在気温上昇の影響を受けている国々から絶望の声と、それを打開しようとの動きがあった。

一方、そんな弛緩した会議に若者たちはがっかりしていた。連日会議会場の外に、若者たちの抗議行動がみられた。その動きは世界各地の若者の間から起こった。

気候変動の影響を受けている国の代表は、抗議している若者に話をさせよう、と提案した。

若者の声は衛星通信を介して、大京市の会議場に、そして世界各地の都市にながれた。

最初に登場したのはアフガニスタンの農民だった。立派なあごひげを蓄えたやせて背の高い男だ。年齢は見た目より若い様子だ。

彼はスクリーンに一つの写真を映し出した。

「みなさん、この写真は私たちの国の中央を流れる大河クナール川です。ご承知の方もおられると思いますが、私たちの国は長い間戦争で荒れ果てていました。軍閥が跋扈し、テロの温床と言われていました。国が荒れた原因はテロだけではありません。もっと大きい理由は水不足です。古くから利用していた井戸が枯れました。まだその時はなぜ枯れたのか理由が分かりませんでした。和国から医師が派遣されてきました、中村医師です。中村さんは医療行為をすることよりも清潔な水を確保することが重要だと考え、クナール川から灌漑用水路を作ることを提案され、我々を励まして用水路を作りました。

写真を見てください。一枚目は枯れ果てた土地です。二枚目は用水路が出来たあとの緑の大地です。私たちはここで麦を育て、スイカを育て農民として働いています。大地が枯れ果てた時は、何十万人もの難民がさ迷いました。農業用水路が出来て、約三十万人が故郷に戻りました。

しかし、今、大きな危機に直面しています。クナール川の氾濫と、逆に水量減少です。理由ははっきりしています。気温上昇によって、水源の氷河がやせ細りだしたことです。山に降る雪が年々減っています。氷河がやせ細り始めました。このまま放置するとせっかく作り上げた用水路に水が来なくなります。また何十万人もの、いや何百万人もの難民がさ迷うでしょう。もう時間がありません」

次は、トンガのサモアが壇上に立った。

「この写真を見てください」

青い空と青い海を背景に、海岸線に椰子が並んでいる写真を示した。

「これは、六年前の我が家の写真です。我が家の前に芝生の広場があります。次の写真は二年前、同じ場所の写真です。海水面が上昇して、家の土台を洗っています。

次は、私たちが苦労して作った丘の上の新しい町です。そして次は一年前のサイクロンの通過後の同じ町の姿です。分かりますか、町は破壊されました。私たちは悲嘆にくれました。それでも生きていかねばなりません。再び丘の上に町を作りました。写真で分かるように、町の家は二年前より小さくなっています。なぜでしょう？　充分に建設資材が手に入らないからです。建設資材を手にするために輸入に頼らざるを得ませんが、充分なお金がありません。

やっと出来た町ですが、もう一度サイクロンが来たらと恐れています。だけれど、私たちはまた新しい町を作るでしょう。あたかもシジフォスの神話のように。しかし、しかしながら、海水面は今もなお上昇しています。ついには、この小高い丘そのものが海水面の下になることが起こり得ます。その時は私たちにできることは、もう何もありません。この状況はトンガだけにとどまりません。トンガの隣国キリバス共和国やナウル共和国など島しょ国も同様です。私の国の一人当たりＧＤＰは一日当たり四ドルにすぎません。和国は確か百ドルだったと記憶しています。二酸化炭素排出削減を急ぐと経済成長が阻害されると心配されていますが、まだ経済成長は必要だと言えますか？　トンガのような小さい国を海に沈め、そこに暮らしていた人々をこの世から消してでも、経済成長は必要ですか？　経済成長重視の価値観を変えてください。価値観を変えることは大変勇気のいることです。でも、変えてください。もう時間がありません」

次いでコンゴ共和国のダンが話し始めた。

「今年は非常に暑い日が続いています。コンゴ共和国の首都の年間平均気温は二十八度です。以前は二十五度だったので、三度も上昇したことになりました。その影響はすぐに現れました。高温と旱魃です。川も湖も干上がりました。水を充分に得られない動物が苦しんでいます」

かつて湖であった場所に呆然と立ち尽くすカバの写真が映し出された。

「さらに恐ろしいことが起きました。山火事の発生です。旱魃のおかげで、かつて青々としていた林が次々に火を吐いて燃えています。消失面積は約百二十万平方キロ、和国最大の湖の約二倍の面積です。

私たちコンゴ共和国の国民の大部分は農民です。農民ですが、農地がどんどん減っています。カバの次に死に絶えるのは私たちです。いつ暴動が起きてもおかしくない状況に置かれています。平均気温が三度上がっただけで、これほどの被害が出ました。あと三度上がったらどうなるのでしょう。

ここにお集まりの国々が二酸化炭素削減目標を達成したとしても、気温が今より三・二度上昇されると試算されています。その結果どうなるのでしょう？　私たちコンゴ共和国の国民にできることはあるのでしょうか？

何千万人もの難民が、隣国に流れていきます。隣国も気候変動の影響を受けているはずで、難民を受け入れる余地は少ないでしょう。私たちコンゴ共和国の国民が排出する二酸化炭素の排出量は、アメリゴ共和国の二十分の一にすぎません。経済的に優位にある国の人々は今すぐに排出量を半減してください。切にお願いします。もう時間がないのです」

次に壇上に登ったのは若い女性だった。

「みなさん、最初にお断りしておきます。これから私が話すことは極論かもしれません。いや、私自身、極論であることをよく分かっています。耳が痛い話をしますが、どうか最後までお聞きください。

和国のフミオ首相の演説は素晴らしいものでした。同じ和国の国民として誇らしく思います。でも生ぬるい。覚悟が伝わってきません。フミオ首相、貴方はこう言われました。『二酸化炭素排出削減と、経済成長を両立させるという、困難な課題に、今まで追い求めてきた価値観を見直さねばなりません』。

貴方の演説の中に『ねばなりません』という言葉が何度も出てきました。『ねばならない』のは誰ですか？　貴方の演説には主語が出てきません。口の悪い若者の間ではやっている貴方のあだ名をご存知ですか？『プライムミニスター・ねばならない』です。覚悟を行動に移してください。

『価値観を変える』と言われましたが、本当に変える努力をされましたか？　今日の大京市の気温は三十八度。大変に暑い。しかし、今私たちが集まっている大会議室の温度は何度でしょう？　私たちはスーツを着ています。男性はネクタイまでしています。私はスーツを着ていますが寒いくらいです。それでわざわざブランケットを腰に巻いています。エアコンの設定温度は何度ですか？　私たち和国は十五年前に大地震に見舞われました。原子力発電所は停止し、電力不足が心配されました。私の記憶が間違ってなければ、『エアコンの設定温度は二十八度にしよう』でした。もう一度聞きます、今日のこの部屋のエアコン設定温度は何度ですか？

『価値観を変える』と言うなら、政治家のみなさんが日頃行っている政策決定の尺度を変えていただきたい。今、和国で実施しようとしている政策に万国博覧会の誘致がありますね。広大な土地に万博会場を建設する。その費用は当初計画の約二倍になると報じられました。だが、万博の誘致での経済効果は三兆円になり、建設費用が倍になっても問題はない、こう発言している政治家がいますね。政策決定の判断基準が経済波及効果だけです。二酸化炭素排出への影響は政策決定に一切考慮されていません。

しかも、三兆円の波及効果は、二千八百万人の来場者があるとの前提らしいですが、来場者はどこからどうやって来るのでしょうか。移動手段により排出される二酸化炭素量を考えられたことはありませんね。

万博会場建設には大量の重機が働き、大量のトラックが走ります。大量の資材が消費されます。このことでどれほどの二酸化炭素が排出されるかを考えた政治家は、一人もいません。

経済発展のための開発プロジェクトは、例外なく自然破壊を伴います。しかし、論じられるのは経済効果だけです。開発によって伐採されるであろう樹木の二酸化炭素吸収能力が論じられることは、今までありません。

伝えられるところによると、建設中の万博会場用地は、海を埋め立てた人口の島だそうです。あの広大な人工の島に、木を植え、森を作ったら、二酸化炭素はどれだけ吸収されるのでしょう？　森を作るのにさほどお金を要しません。多分、万博建設費用の百分の一程度でしょう。森を作り、公園を作り、その公園を守り管理する仕事が生まれます。それこそ持続可能な経済圏が小規模とは言え生まれます。

そこには花が咲き、鳥が飛び交い、動物が遊ぶ空間になるはずです。もちろん空気はきれいでしょう。

『価値観を変える』について言うなら、政治家のみなさんに問いたい。特に現在戦争をしている大ロシア国のプーシキン大統領。貴方が起こした戦争の大義は何なのですか？　〝昔の栄光を取り戻すため？〟

そんな古臭い価値観は捨てましょう。貴方が起こした戦争で戦闘機はどれだけ飛び回っているのですか。戦闘機は当然、航空燃料を消費しますね。戦闘機はどれほどの二酸化炭素を排出するのですか？　兵器や兵員移動のためのトラック、戦車は化石燃料を消費します。貴方の国がばら撒いた爆弾で多くの町が焼かれています。ここでも二酸化炭素を排出します。

すぐに戦争をやめましょう。プーシキン大統領、貴方ならできます。戦争をやめるのに費用は一切かかりません。戦場に刈り出される貴方の国の国民も大喜びするでしょう。もし、貴方に勇気があるなら戦争を今すぐやめることができます。

アメリゴ共和国の大統領にお聞きしたい。大統領貴方は『make Amerigo great again』と公約に掲げて当選されました。改めてお聞きしたい。『なぜ、偉大を求めるのですか？』。

アメリゴ共和国は間違いなく偉大な国です。軍事費予算を見てみましょう。世界の軍事費は約二兆四千四百億ドルで、アメリゴ共和国は九千百六十億ドル、現在戦争をしている大ロシア国が一千九十億ドルでその約九倍です。掛け値なしの超大国と言えます。それなのに、なぜ great again なのですか？　さらに見逃せないのは軍事予算が増えていることです。アメリゴ国の軍需産業部門は、好景気で沸き立っていると聞いています。そこで作られた兵器は同盟国に売り渡される計画です。和国も例外ではありません。

一方、気候変動に対応するための予算はいくらなのでしょう。二酸化炭素排出削減のための技術開発、施策の実現のための予算だけではありません。今まさに温暖化の影響を受けている地方、国々の復旧や生活物資の援助など、必要なお金は足りているでしょうか？ 残念ながら私はそのお金の額を調べきれていません。しかし、軍事予算を数パーセント減らして、まわせば相当の効果をあげられるはずです。

今日お集まりの政治家のみなさん、『今まで追い求めてきた価値観を変え』気候変動という人類最大の強敵に立ち向かいましょう。

私の言いたいことはまだありますがこれで終わります。話の中で失礼な物言いをしたことをお詫びします。だけど、私たちにはもう時間がありません。

最後に、私は今後も気候変動、温暖化に対し、全力で対応していきます」


蘭は壇上からおりた。会議会場の中には拍手はない。一方、会議会場の外に設置されたパブリックビュー会場に詰め掛けた若者たちの間から拍手が湧き起こった。

これを機に世界各地で若者の発言が活発になり、古い価値観にしがみつく政治家が次々と退場する機運が高まった。その典型例は大ロシア国のプーシキン大統領の退陣が実現したことだ。すぐさま、戦争の終結の決定がなされ、戦争当事国の交渉が始まり、世界が注目することになった。

戦場から兵士が帰ってくる。兵士は銃を捨て、農場で、工場で生活必需品を生産する。生まれたのは国民の間の笑顔だった。

第10章　希望

ここアフリカの大地、コンゴ共和国の海から少し内陸に入り込んだ土地に、新しい芽が生まれていた。その大地に男二人と女一人が立っている。コンゴで大規模な山火事があり、二十万人もの難民を生み出した災害から二年が経過していた。

「ダン、谷次さん本当に綺麗な草原ね。あの旱魃と火事が嘘のよう」

話したのは和国からやって来た玉藻だ。

「本当だな。谷次が実践した植物性ポリマーによる土壌改良が、二年経ってやっと成果を現している。最初、谷次からポリマーの話を聞いた時は信じられなかった。でも、話しているのが谷次だから信じてみようと思ったんだ」

「ダンが俺を信じてくれて、村人たちを説得してくれたからポリマーの実験ができた。俺自身、半信半疑だったんだよ」

「ポリマーって何なの?」と玉藻が聞く。

「ポリマーは大きな分子が重なり合って作られる物質だよ。その中でも植物由来のポリマーが注目されている。開発されたのはインド出身のガルジャールさんという方で、オレンジの皮やバナナの皮、野菜くずなどから作られる。土に混ぜるとポリマーが水を吸い込んで水をためる、それでいて乾燥すると逆に水を排出する。沖縄科学技術大学院大の企業支援に応募して認められたんだ。コンゴのような土地では雨季には水をポリマーに吸わせ、乾季にポリマーから水を吐き出せる。実に都合のいい物質と言える。そのポリマーをここのコンゴの乾燥地帯で実験したんだ。二年かかったけど、やっと成果が確認された。植物由来のポリマーだから、一定期間経つと土の中で分解される」と谷次が説明した。

「いいところだらけみたいね。課題はないの?」

「新しい試みだから課題はいっぱいある。この広大な土地にどれほどのポリマーが必要か? 時間が過ぎてポリマーが分解されたら、どれくらい追加すべきか? ポリマーの価格は？ 植物由来の材料をどうやって確保するか？ ここは乾燥地帯だから、植物が少ない。野菜くずそのものがなかなか手に入らない。ね、いっぱいあるだろう。だけどそれを順番につぶしていけば、何とかなるんじゃないかなと思っているよ」

と谷次が言う。

「ポリマーを紹介してくれたのも谷次で、少ない費用でポリマーを手に入れたのも谷次なんだ」とダンが顔をほころばせて話した。

「実はもっと深刻な問題があるんだよ。お金だよ。土地にポリマーを混ぜるのも、その後の管理も、そしてその土地で農業製品を作るのも、ここコンゴの国民がやらなければならない。コンゴ共和国の農民は非常に貧しい。ポリマーの実験をしている間も食べていかなければいけない。それで、その作業に対して給料を払いたい。へたに国際資本にたよると、新しいプランテーションが出来て、利益は国際資本に吸い上げられてしまう。それを避けたい。お金は必要だ。国際的な支援組織が必要になる」

谷次が言った。

「大変な仕事があるのはよく理解できたわ。でも、希望が見える。そのことが大切だと思うわ」と玉藻が言った。

「で、玉藻さんも、谷次もこれからどうする？」

「俺はもう少し様子を見てから一旦和国に帰る。ここでの活動をＰＲして、資金支援組織を作りたい」

「そうか、帰るのか。僕の妹が残念がるだろうな」とダン。

「帰るのはもう一つ理由があるんだ。コンゴに出発する前に茜と約束した、『絶対に帰る』って」

「えっ、茜と約束したって！　少しも知らなかった。蘭が聞いたら大騒ぎするよ」

「茜っていうのはどんな人ですか？」

「学校の先生をしているよ。語学も達者だ。側にいるとなんとも言えず心が休まるんだよ」

「素晴らしいね。谷次にぴったりの人のように思うよ。いつかまたこの国に二人で来てくれないか？　それまでに、農地を広げ、学校を作り、ひょっとすると僕も結婚するかもしれない」とダンが言った。

トンガ王国は、朝を迎えていた。朝日と共に家々から子供たちが飛び出てくる。家そのものは決して立派ではない。それは何度もサイクロンに襲われ、被災と復興のドラマを繰り返してきたからだ。だが、子供たちの顔は明るい。

トンガ国に新しい産業が芽生えた。さんさんと降り注ぐ太陽光のもとで、植物がよく育つ。ココナッツやバナナと言った果物の育成に適している。ココナッツやバナナの収穫時に大量のくずが出る。このくずを原料に『植物性ポリマー』の製造が新しい産業として生まれた。出来た植物性ポリマーは、アフリカやインドや中央アジアなど乾燥した気候の国に輸出される。

サモアは丘の上に町を作ることとは別に、植物性ポリマー作りの責任者になった。近々植物性ポリマー作成の工場を建設する。

ここ大京市の大学で、蘭は論文作成に取り組んでいた。テーマは二酸化炭素排出削減のための技術開発に関するものである。CO_2排出削減に注目が集まるが、削減はまだ排出を前提としている。削減だけでは目標は達成できない。人類が生活すればいやおうなくCO_2は排出される。そこで、CO_2排出削減と同時に、すでに大気中にあるCO_2を吸収・回収する技術が求められている。いわゆるネガティブエミッション技術だ。

しかし、研究分野はどれか特定の技術に特化していない。新しい技術は何らかの副作用を内在していることをよく理解していた。

例えばこんな乱暴極まりない案まである。石炭発電所で大量に発生するCO_2を、パイプで深海に送り込み、海水に吸収してもらうというもの。確かに海水はCO_2を吸収するが、吸収量に限度がある。また、CO_2吸収により海水は酸性化することも知られている。

CO_2を水素と反応させてコンクリートを作る案もある。だが、大量の水素をどうやって確保するか？ 水の電気分解で得られるだろう。しかし、電気分解するエネルギーはどこから得るか？

肝心なことは、何か新しい技術に頼るのではなく、様々な技術を組み合わせて、総合的な提案をすることが求められるのではないか。

蘭はこれらいくつかの技術をそれぞれの副作用も含めて評価し、世界各地の環境に適合する案、例えば乾燥地帯には乾燥地帯に適した技術、工業地帯には工業地帯に適した技術を複数組み合わせ、提案することを研究している。

得られた結果を実戦・実験すべく、各地の協力者に提案し、定着させようと思っている。トンガ王国の植物性ポリマー生産工場づくり、コンゴ共和国のポリマーによる土壌改善などは、蘭の提案によるものと言えた。蘭の働きはまさにラグビーチームのスタンドオフに当たる。

しかし、蘭は満足していない。『自分はフランカーをやりたい』。チームの中で最も相手チームの選手にタックルをするポジションだ。ただフランカーをするには体力的に劣る。しぶしぶとスタンドオフを務めているにすぎない。


谷次は和国の榎村に帰り、幼馴染の茜と結婚した。結婚式には、蘭、玉藻も駆けつけた。また、遠くコンゴ共和国、トンガ王国からネットを介して友人のお祝いの言葉があった。

特に、コンゴ共和国では、植物性ポリマーによる土壌改善が拡大し、小麦、芋、バナナなどの栽培が広がったことが谷次と茜を喜ばせた。『新婚旅行はコンゴに行ったら？』と、これまたお決まりの蘭の指令が出る。すったもんだの末、蘭の提案が実施された。

世界に目を転じよう。大京市で行われた国際会議での、ダン、サモア、蘭の発言で触発された世界の若者が立ち上がり、それぞれの国の古い体制を打ち壊している。中でも最大の変化は大ロシアのプーシキン大統領の退陣だった。大統領の退陣と同時に戦争の終結が宣言された。戦争の終結で、戦地から多くの兵士が帰ってくる。戦火によって破壊された町の復興が始まる。戦争被害の補償などまだ困難な問題はあるが、戦争当事国の両国民から歓迎された。

世界にはまだ、紛争を続けている国がある。それらの国も大ロシアの政変を目の当たりにして、雰囲気が変わった。多分、さほど遠い先ではなく、戦争も終結するだろう。

戦闘機や戦車、軍艦が二酸化炭素排出をやめるだろう。

軍需予算は減額され、余った予算はCO_2排出削減の新しい技術開発、新しい産業を育てるため、また、自然災害による荒廃の復旧のために、使用されることになる。

三年後――

谷次と茜の新婚旅行は、和国の各地の秋を堪能する旅であった。年が明けて、春、二人の生活が落ち着いた頃、二人はコンゴ共和国にダンを訪ねることにした。山火事があってから三年目の春だった。この旅行になんと玉藻が同行した。なんとしてもダンに会いたいと願ったからだ。

玉藻とダンはどうするのだろうか？

蘭がスタンドオフとして楕円球をまわさなければ、道は切り開くことは難しいように思われた。

そして蘭とサモアはどうなるか？　共通の友人はみんなやきもきするが、蘭のようなおせっかい焼きは現れない。同じチームにスタンドオフが二人いればそのチームはおかしくなる。友人たちはよく分かっていた。

「サモアの性格はスタンドオフよりフロントローが似合っている」とダンと谷次が口をそろえて言った。

「ねえ、フロントローって何？」と茜が問う。

「ラグビーのスクラムって知っているかい？　スクラムで第一列で肩を組み、相手のフロントローと押し合う役目。フロントローには気は優しくて力持ちが適しているんだ。サモアの体形を思い出してごらん。フロントローにぴったりだ。何より性格がフロントローそのもの」ダンが説明した。

玉藻と茜は大きく頷いた。

多分、サモアは縁の下の力持ち役を担うことで解決するだろう。初代〝ハチキン〟蘭から七代目まで続いた伝統が八代目に伝わり、九代目蘭が生まれる予感がした。


―完―

著者プロフィール

土岐 傑（とき すぐる）

1944年、東京都生まれ。

64年、愛媛大学文理学部入学。同校同学部で池見節子と出会う。

68年、卒業。ダイハツ工業入社。情報処理、生産管理、人事などに従事した後、関連企業（輸送業）に出向、経営に携わる。60歳で退職。

71年に節子と結婚。以後、２人の子供と５人の孫に恵まれる。

著書に『我的愛人』（幻冬舎ルネッサンス・2023年刊）がある。

ハチキンお蘭

2024年12月15日　初版第１刷発行

著　者　土岐 傑
発行者　瓜谷 綱延
発行所　株式会社文芸社
〒160-0022　東京都新宿区新宿１－10－１
電話　03-5369-3060（代表）
03-5369-2299（販売）

印刷所　株式会社フクイン

ISBN978-4-286-26154-6